Para onde vai o amor?

Do Autor:

As Solas do Sol
Um Terno de Pássaros ao Sul
Terceira Sede
Biografia de Uma Árvore
Cinco Marias
Como no Céu & Livro de Visitas
Meu Filho, Minha Filha
O Amor Esquece de Começar
Canalha!
Mulher Perdigueira
www.twitter.com/carpinejar
Borralheiro
Ai Meu Deus, Ai Meu Jesus
Espero Alguém
Para Onde Vai o Amor?
Me Ajude a Chorar
Felicidade Incurável
Todas as Mulheres
Amizade é Também Amor
Cuide dos Pais Antes que Seja Tarde
Minha Esposa Tem a Senha do Meu Celular
Família é Tudo
Carpinejar
Depois é nunca
Manual do luto

CARPINEJAR

Para onde vai o amor?

• crônicas de fossa •

8ª edição

Rio de Janeiro | 2025

Capa e ilustração de capa: Silvana Mattievich

Editoração: FA Studio

Texto revisado segundo o novo
Acordo Ortográfico da Língua Portuguesa

2025
Impresso no Brasil
Printed in Brazil

Cip-Brasil. Catalogação na fonte
Sindicato Nacional dos Editores de Livros. RJ

C298p Carpinejar, 1972-
8ª ed. Para onde vai o amor? / Carpinejar. — 8ª. ed. — Rio de Janeiro: Bertrand Brasil, 2025.
176 p.; 21 cm.

ISBN 978-85-286-2016-0

1. Crônica brasileira. I. Título.

CDD: 869.98
15-20729 CDU: 821.134.3(81)-8

EDITORA BERTRAND BRASIL LTDA.
Rua Argentina, 171 — 3º andar — São Cristóvão
20921-380 — Rio de Janeiro — RJ
Tel.: (021) 2585-2000

Atendimento e venda direta ao leitor:
sac@record.com.br

Para meus irmãos
José Klein, Everton Behenck, Mário Corso,
Renato Godá, Eduardo Nasi, Luiz Ruffato e Claiton Franzen,
amigos de todas as horas.

Sumário

O AMOR NÃO É PARA OS FRACOS

Carpinejar

AMOR É O QUE FICA DEPOIS DO DESESPERO.
AMOR É O QUE FICA DEPOIS DA VINGANÇA.
AMOR É O QUE FICA DEPOIS DA SOLIDÃO.
AMOR É O QUE FICA DEPOIS DAS BRIGAS.
AMOR É O QUE FICA DEPOIS DA BEBEDEIRA.
AMOR É O QUE FICA DEPOIS DA FOFOCA.
AMOR É O QUE FICA DEPOIS DAS DÚVIDAS.
AMOR É O QUE FICA DEPOIS DO ORGULHO.
AMOR É O QUE FICA DEPOIS DOS GRITOS.
AMOR É O QUE FICA DEPOIS DA RAIVA.
AMOR É O QUE FICA DEPOIS DOS ERROS.
AMOR É O QUE FICA DEPOIS DA COBRANÇA.
AMOR É O QUE FICA DEPOIS DO CANSAÇO.
AMOR É O QUE FICA DEPOIS DE IR EMBORA.
SE O AMOR FICOU DEPOIS DE TUDO,
NÃO FINJA QUE ELE É NADA.

EU TE DEVOTO

Se você tem um homem ou uma mulher que lhe ama, é muita sorte.

Mas existe algo maior do que o amor: a devoção.

Se você tem um homem ou uma mulher devota, não é apenas sorte, e sim milagre.

O devoto jamais desistirá de você, é amor até depois da morte.

Ele não tem orgulho, tem fé. No orgulho, só cabe um. Já a fé tem espaço para todo o casal.

O voto matrimonial será cumprido realmente pelo devoto (quem ama às vezes não aguenta cumprir a declaração à risca):

"Prometo ser-te fiel, amar-te e respeitar-te, na alegria e na tristeza, na saúde e na doença, todos os dias da nossa vida."

O devoto foi feito de pele de aço e alma de vidro. Encontra explicações na própria esperança, mesmo quando não é retribuído ou correspondido. Pode ser criticado, ofendido, abandonado, esquecido, maltratado, torturado e não vai desistir.

Ele sofre pelos dois, e se acalma pelos dois. Ele briga pelos dois e se desculpa pelos dois.

Tenho pena do devoto e também admiração.

Nenhum de seus amigos e familiares será capaz de entendê-lo. Porque ama demais, se doa demais, se quebra demais.

É amargamente ingênuo, docemente compreensivo.

Vive mudando sua perspectiva para encaixar a convivência. É um otimista da ação, apesar da tônica pessimista de sua rotina.

Renuncia os objetivos em nome do casamento, da recuperação do casamento, da melhoria do casamento, que talvez nunca venha.

Enquanto é natural procurar motivos externos para justificar a tristeza, o devoto se concentra nas lembranças boas, ainda que raras, para proteger sua vontade de viver.

O devoto é um guerrilheiro da relação, um apaixonado vitalício.

Tem o desespero de ajudar sempre, atender os pedidos antes de pensar em si.

Ele cessa qualquer trabalho para acolher a súplica de sua companhia. Nunca volta de uma viagem desprovido de uma lembrança, desenha a saudade nos vidros de sua paisagem, derrama-se em reticências nas mensagens. Não encara o nome de sua amada ou amado no celular sem tremer.

Quem ama dorme bocejando, o devoto dorme suspirando.

Quem ama acorda pedindo espaço, o devoto acorda pedindo abraço.

O devoto vai além da compreensão. Escreve cartas, deixa bilhetes de manhã, prepara surpresas, inventa festas. Incansável em sua busca por ser inesquecível.

Ele pode, inclusive, se piorar para não ser melhor do que sua companhia. Ele pode se sonegar para se equiparar ao que recebe.

Eu te devoto supera o Eu te amo.

O único empecilho é que um devoto precisa encontrar um outro devoto para ser feliz.

A CULPA É MEU CRIME

Cuidado com o que você diz aos filhos.

Minha mãe, religiosa, frequentadora da missa todo dia, costumava nos explicar que Jesus poderia aparecer na condição de um mendigo em nossa porta. Para a gente tomar cuidado e não destratar só porque ele estava sujo e fedido. O costume era escorraçar o filho de Deus sem compreender seu sofisticado disfarce.

Sempre que um mendigo apertava a nossa campainha em minha infância, espiava pelo olho mágico e gritava, eufórico, para espanto daquele sujeito que pedia esmola ou um remédio ou um pão velho:

— É Jesus, mãe! Jesus voltou!

Festejava sua chegada com frenéticos pulos. Muitos pedintes estranhavam nossa alegria e davam meia-volta rapidamente. Não arriscavam sua reputação. As visitas foram rareando. Com receio de nossa loucura, o círculo de mendicância vetou nossa residência.

Naquele tempo, eu obedecia mais do que compreendia, hoje compreendo mais do que obedeço.

Meu pensamento se transformou e confio nas aparências. As aparências é que são verdadeiras.

A vontade é responder para minha mãe: cuidado com o que você não diz aos filhos.

É mais fácil Jesus ser acolhido camuflado de mendigo do que realmente como Jesus.

Jesus surgindo em nossa frente como ele realmente é, com sua bata e beatitude, com seus olhos limpos e sua pele pura, consideraríamos um charlatão, um impostor, um tipo aproveitador fantasiado de Jesus. Jesus não seria aceito como Jesus.

Não confiamos no óbvio. Desprezamos o óbvio. Há uma tradição de refutar o simples, recusar as evidências, complicar a alegria.

Não enxergamos a facilidade da felicidade.

Desde criança, eu me sinto enganado principalmente quando não sou.

A culpa é meu crime. Não antecipo o pior, e sim concretizo o pior, chamo o pior, amo o pior, adapto-me ao pior, convenço-me de que apenas resta o pior.

Quero ser esperto quando não é necessário. Como se a maturidade fosse sinônimo de suspeita e desconfiança, e ingenuidade significasse acreditar de primeira.

Assim recebemos o amor.

Se o amor bate em nossa porta com cara de amor, não atenderemos, fingiremos que não é conosco.

Se a mulher de nossa vida despontar com jeito de mulher de nossa vida, não aceitaremos. Complicaremos a conversa. Seremos grosseiros, prepotentes, soberbos, não escutaremos até o fim.

Se ela aparecer dedicada, afetuosa, decidida, disposta e romântica, pensaremos que é uma farsa.

Preferimos um amor mendigo, acabado, arrasado, infiel, que nos arraste para sua destruição.

Optamos por um amor de esmola, um amor de sobras, um amor que nos faz mal, claramente egoísta e indiferente. Só pela miragem de que existe um salvador escondido dentro dele.

Abrimos a porta somente para quem não nos merece, enquanto quem nos merece jamais recebe sua chance.

A VERDADEIRA JANELA

Quando o destino fecha uma porta, temos o costume de ajudar o azar e dar mais uma volta na chave. Terminamos nos trancando ainda mais. Aproveitamos para nos isolar ainda mais.

Entramos no modo conspiratório: o mundo está contra nós.

A paranoia é o mel para atrair coisas ruins.

Mas poderia ser diferente.

Quando o destino fecha uma porta, poderíamos abrir o vestido da esposa.

Quando o destino fecha uma porta, poderíamos abrir uma garrafa de vinho.

Quando o destino fecha uma porta, poderíamos abrir um livro.

Quando o destino fecha uma porta, poderíamos abrir uma lata de leite condensado.

Quando o destino fecha uma porta, poderíamos abrir uma amizade.

Quando o destino fecha uma porta, poderíamos abrir nossas gavetas e arrumar a bagunça.

Quando o destino fecha uma porta, poderíamos abrir a cabeça e parar de culpar o destino.

INDISPENSÁVEL SOFRIMENTO

Vou sofrer por amor.

Antes de qualquer relação, já sei que vou sofrer por amor.

É um adicional de consciência dos quarenta anos.

Vou sofrer por amor, não morrer de amor.

Poderia morrer de amor na adolescência. Graças a Deus que não aconteceu.

O romance adolescente é explosivo, extremista e insuportável, é tudo ou nada: alguns sucumbem ao efeito Werther.

Não diria que é um relacionamento, mas um pacto.

Nesta época, somos raivosos com o mundo, com os pais e impregnados de grandes demonstrações de desapego e valentia.

Ao sobreviver ao primeiro e letal enlace juvenil, criei imunidade para não morrer de amor.

É como catapora, caxumba, agora não serei mais vítima da tragédia.

Envelhecerei amando, compreendendo desde sempre que não existe como me isentar do sofrimento.

Haverá atrito, conflito, desentendimento, ciúme, ameaças, brigas. Não tenho como fugir do pacote.

Depois do enamoramento, da entrega absoluta, das noites emendadas de sexo, da concordância plena, experimentarei um ciclo do desespero.

É quando nasce a rivalidade com o tempo: será que ela é para toda a vida ou não?

Assim como entregamos nossa porção mais nobre no início, vamos apresentando nossa porção maldita com a convivência.

Para ver se nossa namorada suporta, aceita e, principalmente, nos perdoa pelos defeitos.

No começo, amamos porque o outro é perfeito. No decorrer da convivência, temos que amar com a clara noção de que o outro não é perfeito.

Não preciso ser profeta para antever o que vou passar, para descobrir que atravessarei mais uma ruptura provisória ou definitiva.

Irei chorar, emagrecer, sumir, desaparecer, não atender aos amigos, enlouquecer, beber litros de Jack Daniel's, voltar a fumar, ser insensível e me vestir mal.

Não tenho um repertório muito farto. É realmente o que ofereço.

Não sou daqueles cujo amor pode ser medido por aquilo que sofrem.

Qualquer mulher vai se danar ao quantificar o que sinto pela minha dor.

A dor não é bafômetro do amor masculino.

O que prova que o homem realmente amou é sua insistência, o quanto ele se modifica para retomar os laços, o quanto aceita quebrar os pré-requisitos para continuar a história.

O que prova que o homem realmente amou não é a fossa, mas a esperança. É sua vontade sempre aguda de voltar e tentar novamente.

O sofrimento só sinaliza o nosso egoísmo. O luto só revela nossa ingratidão. O desespero só anuncia nosso orgulho ferido.

O que prova que o homem realmente amou é sua força de vontade para reaver a conquista.

SOU SEU HOMEM

Se fosse somente um abraço, ainda seria um beijo.

Se fosse somente um abraço, ainda seria sexo.

Se fosse somente um abraço, ainda seria namoro.

Você me abraçou como quem escreve uma carta, puxou meu casaco como um envelope cinza e somente avisou:

— Para ler depois.

Estou lendo seu calor até hoje.

Você me abraçou usando nos braços a força de suas pernas.

Você me abraçou cheirando o meu pescoço.

Você me abraçou me convidando para dormir em seus cabelos.

Você me abraçou soletrando seu nome em meus ouvidos.

Você me abraçou me desafiando a nunca soltá-la.

Você afinou meus ombros, você afiou minha boca.

Você me abraçou enganchando seu vestido em meus botões.

Você me abraçou desejando que eu voltasse a abraçá-la.

Você me abraçou para me marcar com seu perfume, dizendo que seria seu homem.

Você me abraçou roçando minha barba, irritando sua pele branca e macia.

Você me abraçou cheia de culpa por já ser amor antes do abraço.

Você me abraçou antecipando o perdão.

Você me abraçou e ofereceu a cintura para subir aos seios.

Você me abraçou levantando os dois pés para espiar o futuro, onde ainda estaríamos abraçados.

O GOSTO DO AMOR

Pode-se gostar de uma mulher, mas o beijo, não há como despistar o beijo. Enganar o beijo.

O beijo diz se devemos ficar ou não. O jeito do beijo. O temperamento do beijo. O caráter do beijo. Não se mente o beijo. É como se não houvesse um degrau: é um sopro circulado, uma neblina desenhada, a respiração voltando.

Não é o beijo com medo. É o beijo que me faz beijar de um único jeito. Com o beijo dela. É ela que beija o meu beijo.

Não há mudança de beijo, é um só beijo, que não se interrompe mesmo com a voz ou com o silêncio. É um beijo vírgula do beijo. Um beijo possessivo que anda. Um beijo que não engole. Um beijo que cede espaço para a mão. Um beijo gentil, não menos apaixonado. Um beijo que deixa a língua ser língua, o dente ser dente, que não cala. Um beijo que fala enquanto beija. Um beijo que não lava, que leva, um beijo que protege para se expor. Um beijo que é decidido, não arrogante. Não um beijo que conduz, um beijo que informa.

Não o beijo solitário, o beijo viúvo, o beijo desquitado. Não o beijo de provocação, o beijo carente, que poderia ser feito sozinho.

Há beijo que é mais boca do que beijo, um beijo que é mais escova do que esponja, mais pausa do que pouso. Sei pelo beijo que não volto. Não volto quando é um beijo de quem não chupa, um beijo de quem realmente não foi beijada mesmo beijando, não foi sinceramente beijada, não fechou os olhos pelo beijo, não imaginou o próximo beijo beijando o primeiro beijo. Não volto quando é um beijo imitando o beijo, simulando o beijo, ensaiando o beijo.

O beijo é a vontade da perna quando o braço cansa, é a vontade da cintura no pescoço. Meu beijo, um beijo que nunca completa a saudade.

Há beijo que boceja no beijo, beijo que lê no beijo, beijo que não beija porque lambe ou sussurra, porque morde ou varre, preocupado em ser outra coisa que não o beijo.

Não gosto do beijo que vai colando selos. Sem língua. Um beijo de afogado. Um beijo sem personalidade, que logo separa o corpo, porque é mais corpo do que beijo.

Se um não está apaixonado, o beijo é uma boca sem ritmo. Uma boca sem repetição. Uma boca sem vizinho, sem ouvido, uma boca acenando porque se esqueceu de seguir.

O beijo é viciado. O beijo não quer ser nada mais do que beijo. O beijo é trocar o parágrafo, não trocar de texto.

O beijo me chama antes do nome. O beijo avança os seios dela. O beijo quase me atrapalha. O beijo vento de seu beijo.

Mas não adianta procurar o beijo que você ama em outra mulher. O gosto do beijo não é o gosto da boca. O gosto do beijo é o gosto do amor.

SE VOCÊ ENCONTROU

A razão serve para o desespero, não para explicar a alegria. A alegria é inexplicável.

Se você tem um amor, segure, não pense, não pese os prós e contras, não faça matemática.

Se você encontrou um amor, prenda com os dentes do coração.

Não solte, não brinque com a sorte, não entre em disputa para prevalecer seus hábitos, não pense que é banal e comum.

É mais fácil nascer de novo do que ressuscitar um amor.

Deponha o orgulho, jogue fora a teimosia, perdoe as diferenças, contenha a implicância, entenda a raiva, mude de personalidade, queime a identidade.

Brigue por ele, brigue com o mundo por ele, brigue com sua própria alma por ele.

Demita o terapeuta, cancele o amigo, prepare a liminar das palavras, recorra ao tribunal, desça ao inferno.

Não precisa de apoio de ninguém, e sim de coragem.

Não há como lhe ensinar coragem (ensina-se medo, mas coragem não).

Procure coragem na saudade mais recente. Procure coragem no cheiro mais longo. Procure coragem no beijo mais demorado.

Ter alguém que faça tudo por você não se repete.

Alguém que não desiste quando muitos já teriam desistido, alguém que lhe espera quando muitos já teriam acenado com a ironia e trancado a porta.

Alguém sem motivos para amar e que continua amando.

Alguém sempre disponível, alguém que para tudo para ficar com você, que jamais diz não, que cancela compromissos e viagens, que unicamente quer estar com você.

Alguém que não demora nem dois minutos para responder uma mensagem, nem uma hora para estar em seus braços.

Alguém preocupado se você comeu, se você dormiu, se você está bem.

É um amor inteiro: é alguém que completa todos os seus bons sentimentos, e também completa os ruins.

É um homem inteiro: nunca se conheceu tanto a partir dele. Conheceu também sua maldade, seu ódio, sua angústia, sua loucura.

Nenhum outro homem despertou tudo em você. Tudo, inclusive o que não presta. Antes conhecia apenas parte de si, a parte equilibrada, a parte sociável, a parte controlada. Antes conhecia apenas o lado bom da vida, não conhecia o amor.

O amor é se ver no reflexo do lago no momento em que chove, nunca será um espelho parado.

Se você encontrou um amor, prenda com as raízes do coração.

Não largue esse amor até a morte. Não acredito em vida eterna, acredito em amor eterno. E é agora.

SERIAL LOVER

Existe uma infidelidade mais secreta e menos evidente, que acontece depois do relacionamento. Só acontece depois. É uma traição póstuma, retardatária, residual.

É quando você repete os mesmos lugares, os mesmos apelos, as mesmas confidências com outro. É quando você insiste em escrever e tecer declarações exatamente iguais.

É uma extorsão sentimental colocar um desejo para sua nova companhia como se fosse inédito.

Pois a paixão só é idêntica para quem não enxerga as diferenças.

É como remanejar presentes, aproveitar alianças antigas.

Você prova que não tem criatividade nenhuma, demonstra a maior apatia: refaz os passeios que já realizou, leva para os restaurantes que frequentava, as baladas e festas conhecidas, reincide nos roteiros de viagem, destina sonhos e palavras já gastos, reemprega até os nomes aprovados para quando nascessem seus filhos.

Mudou a pessoa, mas não o seu jeito de seduzir. Mudou a pessoa, mas não sua rotina de amar. Mudou a pessoa, mas não seu script.

É uma melancólica sobreposição, desastrada colagem.

Nem precisa cometer o ato falho de trocar o nome do atual pelo ex, porque estará revisitando atmosferas e cenários. Experimenta locações contaminadas por juras velhas.

Não há sensação mais ingrata para seu namorado anterior ao perceber que era mais um. Um qualquer, nem um pouco especial. Um sósia de cenas românticas. Um dublê da adrenalina e dos feromônios.

Você oferece um passado usado sob o disfarce de futuro. Alcança aquilo que foi ensaiado com o antecessor. Não se dá o luxo de disfarçar, o trabalho de maquiar, colocar uma manta no mobiliário da memória.

Recorrendo à fórmula fixa de história feliz, estabelece uma competição imaginária, anula a individualidade do seu par, apaga a invenção a dois e a costura por caminhos surpreendentes e inesquecíveis.

Acredita em sua inocência porque ninguém comentará o assunto. Desfruta da tolerância dos garçons, dos colegas, dos amigos, dos parentes. É realmente um segredo com pequenas chances de ser revelado, porém a consciência não é boba e um dia se vinga.

O que vive está longe de ser amor, é obsessão.

O DIA SEGUINTE HOJE

Ao fazer festa em casa, o que mais gosto é da bagunça.

Não da festa em si, mas daquilo que precisarei arrumar no dia seguinte.

Sou vidrado pela ideia de reconstrução de um ambiente em algumas horas.

Tudo repentinamente fora do lugar, sujo, imundo, e há o desafio de reencontrar a ordem natural das coisas.

É uma recriação do mundo num fim de semana.

O corredor beira o estado de sítio, o banheiro sofreu com o desespero dos boêmios, as estantes dos livros estão cheias de bandejinhas de salgados.

Nem espero o dia seguinte.

Nada mais íntimo dentro de um casamento do que o silêncio das 6h. Todos já foram embora, felizes com a balbúrdia, e nós dois decidimos ajeitar o lar enfrentando o cansaço.

O previsível era deitar com a roupa do corpo e desmaiar, desprezando os escombros e a vida virada pelo avesso.

Mas não, eu e minha mulher adoramos o pós-festa, quando estamos sozinhos.

Reina uma sensação de paz, de sobrevivência.

A faxina é partilhar a memória do encontro. Melhor do que roda de violão.

A faxina é fixar as lembranças antes que sejam corrompidas pela enxaqueca do meio-dia.

Ela segura o lixo de 100 litros e eu vou buscando as garrafas de cerveja espalhadas pelos cantos.

Vamos conversando sobre as cenas mais engraçadas, o comportamento dos amigos, as coreografias das músicas ridículas.

Cada um repassa o que viu e o que conversou. Como anfitriões, tínhamos o trabalho de nos revezar por diferentes turmas e atender a todos, não deixar ninguém excluído e isolado. Naquele momento, completamos o quebra-cabeça da noite.

— Você falou com a Vanessa? E como ela está com o marido?

— Sim, pareciam alegres. Já passou a tormenta.

De nosso papo frugal, seguimos com o rodo e a vassoura, um encarando o outro com ternura.

De vez em quando, reclamo da dor nos braços. De vez em quando, ela reclama da dor nos pés. São exclamações naturais do sacrifício que não se estendem por muito tempo.

Ela massageia rapidamente meus ombros e diz que providenciará uma massagem mais tarde. Eu tiro seus sapatos, aperto seus dedos e juro que depois pego um creme para aliviar o estresse.

A admiração é feita de pequenas pausas e promessas.

E seguimos nosso baile mudo, nossa coreografia de espuma e detergente.

Lamentamos uma mancha que não sairá no sofá ou algumas cicatrizes novas nas paredes. Não choramos por algo que tenha sido quebrado. Entendemos que a amizade é para ser usada.

Recolhemos o exército de copos e cálices, os pratos sujos, e não nos intimidamos com a quantidade de louça que ocupa a mesa inteira da cozinha.

Dividimos as tarefas: primeiro os copos, depois os pratos, em seguida os talheres. Assim não sofremos com a dimensão assustadora do compromisso.

E continuamos nossa troca de impressões ouvindo os pássaros assobiando ao longe. Não temos certeza se são os rumores das aves ou a claridade cantando lentamente na janela.

Ela pergunta se estou com fome. Paramos um pouco nossa arrumação para esquentar salgados e comer sentados no chão da cozinha, na posição de índios ao redor da fogueira.

Corre entre nós uma cumplicidade apaixonada, como se só nossos olhos dançassem.

O amor não é apenas uma festa, como alguns imaginam. O amor é também dividir o trabalho de limpar a casa.

Acordamos com o apartamento brilhando e nos beijamos de olhos fechados, ainda sonhando.

O MAIS ABSURDO DOS VÍCIOS

Se você acha que se apaixonar é ruim, existe algo muito pior: é se viciar em alguém.

É mais do que paixão: é vício mesmo.

Não terá saudade, mas abstinência.

Não terá memória, mas flashbacks.

Não ficará distraída, mas apagada.

Não conseguirá lidar com a paciência, com a calma, com a espera.

Você estará transtornada mais do que transformada.

Foi arrastada, muito além de um arrebatamento.

Sofrerá de dependência química das palavras, dos abraços, dos beijos.

Até a alegria será um desespero.

Você não calcula qual o motivo da ligação.

Odeia estar assim, mas ama estar assim, já que nunca esteve assim.

Só chama o outro de chato, irritante, insuportável, porém nada interrompe a proximidade.

Não tem como largá-lo. As justificativas que arruma para se distanciar acabam acelerando o próximo encontro.

Nenhuma desculpa produz distância, nenhum blefe, nenhuma ameaça, nenhuma cena de ciúme.

Você não terá razão porque já perdeu a razão.

Sua ânsia é por mais uma dose. Daquilo. Daquele jeito. Com aquela força.

Viverá na boca de fumo.

É capaz de vender seus bens, seu passado, as roupas, para sustentar o prazer.

Tudo é a maldita droga de estar junto. Não se importará com a opinião da família e dos amigos. Comprará briga com o mundo para pagar o vício.

Desmarcará compromissos, atenderá qualquer chamado. Pode surgir no meio da madrugada, no meio da manhã, no meio da tarde. Pois casa de traficante não tem hora.

Um "Eu te amo" não será suficiente: é "Eu preciso de você agora".

É um vício do corpo, do cheiro, da voz, do temperamento, que pode levar à loucura.

Vai emagrecer, não vai dormir, vai se isolar, vai se estranhar, vai chorar e rir ao mesmo tempo.

Há pessoas que viciam. Simplesmente viciam. E estará perdida para todo o sempre.

VOCÊ É TÃO ÚNICA E EU SOU SEU PAR

Você é tão única que mesmo que soltasse um grito não teria eco. Você é tão única que quando ri já está respondendo. Você é tão única que quando dança se aproxima de meu ouvido para estalar rimas, e tem um prazer desmedido de me arrepiar com a ponta da língua. Você é tão única que me prende com os joelhos como quem dá as mãos. Você é tão única que diz que me quer apenas mordendo os lábios. Você é tão única que deseja que a olhe enquanto gozo. Você é tão única que toda noite é uma festa, nada de lavar louça, usa todos os copos de casa para então começar a usar as xícaras. Você é tão única que sofre de pressa para ocupar a casa com o nosso cheiro, e me enlaça na sala, na cozinha, no escritório, onde for: a cama está em sua nudez. Você é tão única que só confia em mim para se despir (assim como confia no espelho para se vestir). Você é tão única que me abraça de costas, como se eu fosse um rochedo ou seu casaco mais próximo. Você é tão única que se orgulha de nossas bobagens. Você é tão única que não espalha sua sombra na parede. Você é tão única que enfileira seus sapatos em jardineira de porta. Você é tão única que não há tempo de sentir ciúme porque passa o tempo inteiro comigo. Você é tão única que escrevo para impressioná-la. Você é tão única que demonstra admiração cuidando de mim. Você é tão única que não adianta explicá-la, tem a força de um segredo. Você é tão única que a saudade vem antes da felicidade. Você é tão única que desfaz mágoa beijando o meu pescoço. Você é tão única que não deixa nada estragar o silêncio, protege a chama de meu rosto com seus dedos, acaricia a barba por dentro. Você é tão única que liberdade é esperança de mais um dia junto, que a esperança é a liberdade de mais uma noite junto. Você é tão única que pronuncia telhado e os pássaros pousam, pronuncia verão e o mar ruge, pronuncia árvore e temos frutos. Você é tão única que acerta até com os atos falhos. Você é tão única que desaparecem os problemas e as urgências. Você é tão única que anda devagar para que enxergue vindo, o chão é uma escada rolante.

Quando amo você, tenho uma única certeza: de que foi feita para meu corpo.

SUS

Por mais que a gente queira o amor convênio médico, o amor com carteirinha de saúde, o amor garantia de tratamento e quarto privativo, o amor é sempre SUS. O amor verdadeiro é sempre Sistema Único de Saúde. Atinge a todos, sem exceção, sem discriminação. Atinge a todos de modo igual, se você é empresário ou camelô, se você é pobre ou rico. Atinge a todos sem regalias e benefícios. Todos vão sofrer na hora de amar.

É sempre o mesmo desespero. É sempre briga. É sempre fila. É sempre espera. É sempre ver tragédias ao nosso lado. É sempre dividir o leito. É sempre ouvir as histórias dos outros para comparar com a nossa. É sempre suportar a demora dos exames. É sempre equipamentos quebrados e a esperança do conserto. É sempre não saber o que está acontecendo. É sempre penar pela falta de sinal. É sempre reclamar do atendimento. É sempre este medo de morrer sozinho.

INCONSCIENTE CASADO

Ela tinha consciência absoluta de que não poderia mais ficar com ele, que não se entendiam, que sofriam falta de sintonia e defendiam projetos extremamente opostos.

— Enquanto vou, ele volta. Eu só vejo erro nele, ele só vê erro em mim. Sei que não posso ficar junto, mas jamais consigo ficar longe. Eu o amo, mas perto eu o odeio. Há a clareza de que ele não me faz bem. O que me recomenda?

— Nada, talvez rezar, talvez relaxar já que nada funciona. Sua consciência quer ser solteira, mas seu inconsciente é casado com ele.

Enquanto respondia à minha amiga num bar cascudo na Cidade Baixa, eu fui tomado por essa ideia. Havia muito sentido naquilo que dizia.

Temos dificuldade de captar a lógica da união de casais que vivem discutindo, brigando e se ofendendo. Não deciframos o motivo de permanecerem num casamento se é para sofrer. Não desvendamos o enigma após a sucessão de barracos, escândalos e quebradeiras. Cansam o senso comum, esgotam a paciência dos amigos, perdem o apoio dos familiares.

É que eles podem estar se amando pelo irracional. São incompatíveis na aparência, mas inseparáveis na essência.

Encontram sua harmonia no sexo, na explosão física, quando se beijam e se lambem e se entregam sem usar a cabeça, quando não analisam os fatos, quando não interpretam o comportamento um do outro, quando relaxam das amarras e censuras, quando depõem as armas e vaidades e esquecem a disputa da razão e do certo e errado.

Quando se oferecem apenas pelo toque, pelo silêncio ofegante, pela realeza dos ouvidos.

São melhores como bichos do que como homens. São melhores na ausência de pensamento, no contato físico, primitivo, total, na comunicação não verbal.

Eles se conectam pelo instinto, pelo cheiro, pela doação selvagem.

Perante a sociedade, são divergentes. Entre quatro paredes, convergentes.

Perante a sociedade, travam um duelo. Entre quatro paredes, formam um dueto.

E são muito mais carinhosos pelo tato do que pela fala.

Neles, a pele une o que a palavra separa.

É uma quebra de padrão, pois estamos acostumados a enxergar o irracional como sinônimo de agressividade e de violência.

Esses pares malucos, inadequados e inoportunos têm um irracional afetivo, um irracional terno, um irracional amoroso.

Ríspidos e grosseiros na racionalidade, por sua vez, lá no inconsciente não se largam e se complementam. Demonstram um equilíbrio perfeito na cama. Como se fossem dançarinos de longa data.

A separação será incompreensível como a própria convivência. Porque são felizes em algum lugar desconhecido dentro deles.

SE VOCÊ SOUBESSE

O luto é lento. O homem pode disfarçar transando, separando o sexo do arrebatamento, tentando se relacionar à força, saindo com os amigos, aparecendo em festas, mas o luto é lento.

Se você soubesse como é difícil o homem amar, como é raro o homem amar.

O quanto é difícil. O quanto não será fácil acontecer outra vez.

Amor é desde o primeiro encontro, chuta a porta, arrebenta o trinco, esculhamba a vida.

Amor não é convencimento, persuasão, escolha do que é perfeito, do que se encaixa com o nosso temperamento.

Amor não é compatibilidade, afinidades eletivas, prazer da companhia.

É o improvável, é o inesperado, é o desconhecido.

É um mistério absurdamente desafiador, ingrato e perigoso.

Vai além da amizade, do controle, do domínio, do interesse.

Amor é ser incompetente para compreender. É se despedir beijando, é se despedir indicando o contrário.

E muitas vezes se afastar não é se despedir — é apenas sofrer, agora sozinho, a falta de entendimento.

Se você soubesse o quanto é complicado para o homem se abrir para alguém, atingir a cumplicidade e a confidência.

Homem não fala tudo para os amigos, homem fala o que pode. Mas o homem fala tudo para a mulher que ama, fala o que não imaginava falar um dia.

A palavra é a última reserva masculina, a última guarida. Ele somente se confessa na intimidade.

Ao se separar, o homem perde a palavra. Talvez queira compensar com atos e bravatas, porém perde a palavra.

Pode se vingar com o sexo, só que não é ele, não há brilho contumaz em seus olhos, não há a façanha da esperança, não há insegurança que o deixa seguro do que sente.

Se você soubesse a exclusividade do amor masculino. A adoração do amor masculino. A loucura do amor masculino. A insistência secreta do amor masculino.

Se você soubesse que jamais será substituída, trocada, apagada.

Que talvez ele nunca diga isso porque vão brigar antes.

Talvez ele nunca agradeça o que recebeu ou o que ofereceu porque não terá oportunidade ou se calará diante de sua descrença. Você já não confia nele. Você é feita do extremo, da renúncia, como toda mulher: ou é ou não é, ou mente ou conta a verdade, ou demonstra ou está fingindo.

Não é assim que funciona para o homem. Homem é confuso, é incoerente, ele é mentira e verdade junto, brincadeira e seriedade misturadas, não tem como discernir.

Se você soubesse.

Ele acordará bem num dia, mal num outro, vai cercar o coração com a razão, e seguir adiante.

Seguir adiante não é superar, é se acostumar com a dor.

Não confie na aparência feliz, o pássaro que canta pode estar chorando.

O luto demora, pois não existe para ele, que continua casado por dentro.

Se você soubesse o quanto ele te ama.

E melhor ainda se você acreditasse.

DESENCANTADO

Hoje estou desencantado do amor. Desencantado: o avesso de sua palavra preferida.

Hoje acho que vou morrer solteiro e cínico, acho que vou morrer sozinho e cítrico, vou morrer desiludido e ríspido.

Hoje tenho ódio das aparências, dos perfis perfeitos nos aplicativos, da compreensão fingida do início. Hoje tenho ódio da paixão que não continua com os defeitos. Hoje tenho ódio de quem se apresenta de um jeito para agradar e não assume o que é desde o primeiro encontro. Espumoso ódio daquele que tudo concorda para depois sabotar, que tudo aceita para depois sonegar, que tudo quer para depois rejeitar. Indomável ódio da loucura invisível das pessoas, que são sempre certas e exatas em seu raciocínio e volúveis em seus desejos. Imenso ódio dos que jamais dobram os braços para agradecer e os joelhos para rezar. Absoluto ódio da confiança, palavra traiçoeira, que é apenas mais um sinônimo para esperança. Insaciável ódio das frases ditas para sempre e que não duram nem alguns meses. Invejável ódio da convivência de ternura episódica. Incomparável ódio do egoísmo disfarçado de independência. Implacável ódio da crueldade que todos recebem quando se desarmam por completo. Incompreensível ódio de me expor, pois não há como se esconder dos próprios sentimentos.

Hoje estou desencantado do amor. Mas só hoje.

TODO O AMOR DO MUNDO EM MIM

Amo duas vezes: sendo e falando. Tenho o costume de explicar meu gosto. Não direi "eu sou assim, azar dos outros". Não sou ninguém sem os outros. O inferno é eu comigo.

Amo acordar de madrugada e ficar com a impressão de que aproveitei o trabalho. Já anoiteço cedo.

Amo quando posso me emocionar com os próprios textos.

Amo quando ninguém entende como consegui fazer tantas atividades em tão pouco tempo.

Amo quando sou reconhecido por um sacrifício.

Amo fazer loucuras por quem amo como se fosse simples.

Amo sexo de manhã, que não foi planejado.

Amo quando minha carência não é repreendida, mas vista como engraçada.

Amo passear pelo meu bairro com chimarrão e me acomodar nos degraus de sol dos parques.

Amo virar o shopping pelo avesso experimentando roupas.

Amo o raciocínio poético e as comparações mágicas.

Amo a gargalhada vizinha do choro e da tosse.

Amo ouvir de meus pais as façanhas da infância.

Amo dizer oi sempre que chego num ambiente, mesmo que seja o enésimo oi. No fundo, amo chegar.

Amo massa recheada e pizza. Ao terminar uma refeição, quando realmente gosto, lamento que comi demais.

Amo suspirar. O suspiro é o elevador da alma.

Amo ser recebido no restaurante pelo nome e sentar na mesma mesa.

Amo repetir histórias com ênfase diferente. A invenção é meu esquecimento.

Amo brechós e antiguidades. Sou aficionado por objetos como gramofone, telefone de parede e máquinas de escrever. Já comprei cartão-ponto de uma empresa do início do século passado.

Amo raspar brigadeiro em panela e comer pipoca no cinema.

Amo colocar os livros por ordem alfabética e esconder objetos atrás de meus autores prediletos.

Amo selecionar papéis de carta, canetas coloridas e pastas.

Amo o humor direto dos palhaços e dos filmes mudos de Chaplin e Buster Keaton.

Amo quando encontro gente carinhosa que me faça parecer discreto.

Amo declarações escandalosas na rua, como gritos e corridas para abraços.

Amo comitiva familiar no aeroporto.

Amo organizar meu armário quando adquiro uma outra peça.

Amo estender a roupa em varal aproximando cores.

Amo dormir de conchinha e de pés dados — é se manter conectado durante os sonhos.

Amo dizer eu te amo em toda ligação para a mulher.

Amo a saudade dos minutos mais do que a saudade de dias.

Amo quem não economiza beijo na boca e não é avarento no amor, pois é triste beijar com vontade só na transa.

Amo ler bilhetes românticos de apoio e incentivo na cozinha.

Amo voltar do trabalho e ser surpreendido com a janta pronta.

Amo dar presentes e acertar o tamanho e a preferência.

Amo assistir meu time no estádio e falar de futebol por horas a fio com meu filho Vicente.

Amo as perguntas filosóficas de minha filha Mariana.

Amo telefonar para os meus amigos para rir à toa.

Amo quando sou reconhecido pelos leitores, amo quando vejo que sou ainda desconhecido para mim.

Amo a bebedeira devagar do churrasco, emendando a tarde com a noite.

Amo explicar poesia e pintura, citar autores, chamar algum livro esquisito do fundo da memória.

Amo discutir política com preconceituosos, só para provocá-los e descobrir até onde vão com suas teorias reacionárias.

Amo sorvete com cobertura de chocolate na praia.

Amo o barulho do balanço. Estudei ao lado de uma praça, e o esticar das correntes era a vida me chamando.

Amo ler o jornal logo cedo, e depois comentar as manchetes com quem está acordando.

Amo escutar notícias enquanto dirijo.

Amo comer massa chinesa em caixinha, eu me sinto estrangeiro no sofá.

Amo passear por museus e fingir seriedade. O museu é a igreja do meu silêncio.

Amo dançar sem me importar como danço.

Amo cartões na hora de mandar flores. O que me interessa é o buquê das palavras.

Amo lustrar sapatos antes de sair.

Amo ganhar missões e tarefas difíceis.

Amo oferecer o ombro e o peito para o descanso da esposa.

Amo atravessar calçadas com tapetes floridos do flamboyant.

Amo os relâmpagos riscando o céu mais do que a chuva nas calhas.

Amo parar em belvedere na estrada para admirar as curvas dos rios. Amo montanha verde, que usa cinto de água.

Amo quando eu me atrapalho e sou perdoado.

Amo quando sou decifrado e não preciso mentir.

Amo quando a verdade é dita com esperança, sem grosseria e julgamento.

Amo ser a pessoa mais importante de alguém.

Amo, no fim, três vezes: sendo, falando e escrevendo.

É, por amor, se precisar, sempre me transformo.

SUPERMERCADO DAS PAIXÕES

Não reconheço como grande obstáculo mudar por alguém. É uma bobagem resistir, uma tolice se esconder no orgulho e encher a boca para dizer que precisa me aceitar como sou. A soberba é inimiga da evolução.

Ao se separar vai terminar mudando, então por que não mudar dentro da relação? O resultado será igual. Até porque, depois da distância, fará tudo o que ela queria por birra.

Casais desfeitos mergulham numa guerra de reformas e de lista de intenções. Tropas de carentes procurando chamar atenção a todo instante na web, obcecados em provar que estão melhores, sadios e irresistíveis e sinalizar o quanto o ex ainda se arrependerá da decisão.

Se ela reclamava de sua barriga e de sua flacidez, começará academia imediatamente e assumirá a condição de marombado. Se ela xingava sua pouca insistência com os livros, estará matriculado num curso de leitura dinâmica.

Se ela zombava de seu inglês, entrará em aulas de conversação. Se ela morria de ciúme, passará a explicar a rotina aos amigos e evitará respostas genéricas e evasivas. Se ela reclamava de sua preguiça, acordará às 6h da manhã para correr.

Por vingança realizamos mais melhorias de nosso temperamento do que por amor. Só para jogar na cara. Só para provocar inveja e ressentimento.

Divorciados, acabamos nos tornando curiosamente o que o outro desejava, o que o outro tanto reivindicava. A ironia é que, tomando tal atitude durante a convivência, a separação não teria acontecido. A metamorfose surge quando não há laços para consertar. É o equivalente a aumentar o salário e promover quem já demitimos.

Ninguém é o mesmo por muito tempo, não vejo sentido em espernear no supermercado das paixões.

Eu sou influenciável, maleável, não permaneço com a personalidade imutável. Águas paradas não são profundas, apenas têm o maior risco de dengue.

Eu mudo com gosto, com vontade. Por curiosidade ou para oferecer uma nova chance ao casamento. Nem sempre alcanço resultados esperados ou atendo às expectativas, mas não nego a experiência de me aperfeiçoar e me aventurar em diferentes hábitos. Vá que funcione! E todo mundo ainda pode recuar e retomar velhas escolhas.

Não tentar que é difícil de explicar.

NÃO DECIDIR É UMA GRANDE DECISÃO

Desejamos ter o controle dos fatos, mandar na vida, demonstrar poder e se antecipar ao pior. Mas, em alguns momentos, não decidir é a melhor decisão que a gente pode tomar.

É esperar a poeira baixar. É deixar o sangue esfriar.

Decidir nem sempre nos ajuda. Decidir pode ser burrice, não independência. Decidir pode expressar o nosso egoísmo e vamos nos arrepender logo em seguida. Decidir pode ser o desejo de se livrar daquela chatice, daquela ansiedade, daquela adversidade. Decidir pode ser apenas desistir.

Não custa nada esperar dois dias, tentar entender por que está sentindo tanta raiva, amadurecer a opinião para não se machucar e não machucar ninguém, cicatrizar o mal-estar com silêncio. Não custa nada levar o assunto para a roda dos amigos, para o terapeuta, ouvir o conselho de quem já passou por situações parecidas.

O mais difícil na vida não é jogar a pedra, mas manter a pedra no chão.

SÓ É FÚTIL QUEM NÃO AMA

No amor, eu quero ser útil.

Que você aceite o que tenho para dar, senão dói o excesso em mim.

O excesso que não é dado me machuca.

O excesso que não é dado acaba em egoísmo.

O abraço que fica comigo me emburrece. O beijo que fica comigo me angustia. A palavra que fica comigo me tranca. O sonho que fica comigo é solidão.

Aceitar o que ofereço já é me cuidar. Aceitar o que ofereço já é me amar.

Que você me deixe ser carinhoso, que me deixe ser romântico, que me deixe ser educado, que me deixe ser tarado, que me deixe ser preocupado, que me deixe falar bobagem para atrair sua infância.

Que me deixe comprar presente, oferecer carona, preparar café na cama, perguntar mil vezes se está tudo bem.

Que não diga que não precisa. Não precisar é negar, não precisar é não dar importância.

Quero que você queira estar comigo quando estiver enjoada, com febre, dor de cabeça, gripada, que eu seja sua emergência, sua urgência, seu colo e suspiro.

Quero que você queira conversar comigo porque sou seu melhor conselheiro, que seja seu contato mais usado no celular, a primeira pessoa a quem você deseja contar uma novidade.

Quero que você queira assistir filme comigo para segurar minhas mãos e pedir meu abraço, que seja seu casaquinho do cinema.

Quero que você queira beber comigo para brindar: vinho para segredos, cerveja para fofocas, uísque para assuntos sérios, tequila para loucura.

Quero que você queira transar comigo para que possa escrever meu suor em sua pele.

Quero que você queira minha barba, meu perfume, meu toque, minhas pernas, meu peso.

Quero que você queira passear comigo no fim de tarde, caminhar pela Encol tomando chimarrão enquanto o sol faz chapinha nas nuvens.

Quero que você queira ouvir meus textos, refletir comigo, contestar o que não acredita.

Quero que você queira que não viaje a trabalho, parando na frente da porta com suas chantagens eróticas.

Quero que você queira subir a serra de repente, para escolhermos as músicas de nossa preferência.

Quero que você queira voltar correndo para casa e grite meu nome como sua campainha.

Quero que você queira não largar a cama durante o frio para levantarmos um acampamento farroupilha no quarto.

Quero que você queira mostrar seus trabalhos, suas ideias, ouvir com atenção meus comentários, agradecer minha atenção.

Quero que você queira a cumplicidade como nunca houve na vida de nenhum dos dois, quero que você queira a exclusividade, que nos defenda para os amigos, que não nos fragilize perante os outros.

Quero que você me queira sempre, acima de tudo.

Porque só posso ser útil para quem me quer.

INSENSATEZ

Você me permite ir, você me permite escolher, você é democrática, sensata, elegante, madura, equilibrada, não procura forçar sua opinião, impor sua vontade, você oferece espaço, aguarda, pede que eu reconheça seu valor, sai de perto para não pressionar, chora e sofre distante, recrimina o ciúme e me exclui.

Desculpa. Mas amor não é justiça, amor não é julgamento, amor não é consciência, amor não é controle.

Amor é um filho da p. da insistência, é manter-se perto, próximo, junto, grudado, até que o entendimento da vida estale.

Não é se afastar, não é facilitar o trabalho dos outros se afastando. Não é exigir que *venha agora* ou *nada*, que *venha inteiro* ou *nada*. Diante do extremismo, sempre ficaremos com nada.

Sou da crença de que o provisório é tudo.

Pode vir pela metade, fragmentada, dividida, um terço de si, uma parcela, que eu aceito e completo. Eu lhe quero do jeito que der, do jeito que for.

Pode vir confusa, em crise, indecisa, ambígua, que logo unifico seus receios.

É com a convivência que vou mostrar que sou o que espera, e sou também o que não espera, que sou sua alegria e também sua desordenada raiva, que sou seu encantamento e também sua decepção, que sou o centro de seus dias e também as margens de suas noites.

Não serei educado para deixá-la em paz. Nunca. Amor quando dói é mal-educado. Falarei excessivamente, farei sinais e gestos passionais, tremerei mais do que copo de morto — terá o que se lembrar de mim.

Não finja que deseja meu bem. Não há bem com a distância. Deseje meu mal, mas deseje que eu seja seu.

Aquilo que é o nosso maior erro costuma ser o grande amor de nossa vida.

VOCÊ PODERIA

Você pode amar para esquecer quem foi um dia.
Você pode amar para lembrar quem foi um dia.
Você pode amar para recuperar a infância.
Você pode amar para repetir a adolescência.
Você pode amar para combater a velhice.
Você pode amar de olhos abertos, enxergando as falhas.
Você pode amar de olhos fechados, relevando os foras.
Você pode amar para se endividar.
Você pode amar para criar patrimônio.
Você pode amar para encontrar equilíbrio.
Você pode amar para se aproximar do abismo.
Você pode amar para ganhar lucidez.
Você pode amar para enlouquecer.
Você pode amar para adoecer de ciúme.
Você pode amar para ter segurança.

Você pode amar pessimista, falando mal aos seus amigos.

Você pode amar com esperança, silenciando os atritos.

Você pode amar magoado.

Você pode amar leve e desembaraçado.

Você pode amar para romper o padrão de antigos amores e aceitar que estava errado.

Você pode amar para imitar outros amores e se convencer de que estava certo.

Você pode amar fraquejando e acreditando nas próprias mentiras.

Você pode amar dizendo unicamente a verdade e suportando as crises da franqueza.

Você pode amar para confirmar expectativas.

Você pode amar para contrariar sua idealização.

Você pode amar para converter bandidos em santos.

Você pode amar para fazer santos pecarem.

Você pode amar à primeira vista.

Você pode amar por repescagem.

Você pode amar desconfiando e questionando as evidências.

Você pode amar por clarividência.

Você pode amar para ser triste e se deprimir com canções e livros.

Você pode amar para alegrar as estantes e os ouvidos.

Você pode amar para concordar com o terapeuta.

Você pode amar para se opor ao terapeuta.

Você pode amar para fugir da família.

Você pode amar para unir a família.

Você pode amar superficialmente, escondendo o que pensa.

Você pode amar profundamente, sem segredos e âncora para se fixar nas palavras.

Você pode amar pelo sexo.

Você pode amar pelo romance.

Você pode amar pela exposição.

Você pode amar pela solidão a dois.

Você pode amar os intermináveis problemas e brigas.

Você pode amar a paz que vem com o fim da noite.

Você pode amar compreendendo e rindo dos defeitos.

Você pode amar julgando e condenando as diferenças.

Você pode amar cuidando das roupas, da comida, da casa.

Você pode amar com a arruaça das ruas e da boemia.

Mas amor mesmo é quando você está contando seus dias, com toda a concentração dos números, e alguém chega para lhe atrapalhar de eternidade. E você esquece onde estava, a soma da sua vida, e só pensa em ficar para sempre do jeito que for. Ainda que seja por um dia.

MINHA DOR É A CARA DO NOSSO AMOR

Criei a minha dor à imagem e semelhança de nosso amor.

É a cara de nosso amor, o temperamento de nosso amor, a loucura de nosso amor.

É o nosso amor, igualzinho. Quando sofro, penso que é você me abraçando. Quando soluço, penso que é você me beijando.

A dor tem sua vacilação, demora a definir o que deseja pela ânsia de ter tudo.

A dor tem sua passionalidade, sua vontade de morrer transando.

A dor é quase você e eu, mas é, na verdade, minha saudade de você.

Estaria impressionada com a coincidência. Minha dor tem sua curiosidade, tem seu charme, tem seu desespero, tem seu modo de pedir desculpa baixando a cabeça, tem seu modo de me xingar apontando os dedos.

Minha dor é você inteira, é você fielmente descrita, é você perfeitamente narrada.

Até minha dor puxou por você, até minha dor me abandonou para ser você, até minha dor me largou para lhe dar razão.

Eu me mato chorando e não derramo seus olhos para fora dos meus olhos. Eu me afogo em mágoas e não tiro o cheiro de seus cabelos de meu rosto.

A dor me seduz, a dor me engana, a dor mente que é você, eu fico com mais vontade de sofrer do que viver.

É o nosso amor, idêntico, tem que ver, não tem como não acompanhar, não tem como não ceder ao encanto, apenas quem conhece o nosso amor descobrirá a diferença entre os dois.

É o que vivemos juntos sem futuro, é o que vivemos juntos parado no tempo, é o que vivemos juntos desfalcado de esperança.

Se houvesse amanhã, minha dor seria o nosso amor. Mas como não há, nosso amor de ontem é minha dor.

Precisa acreditar, minha dor é muito parecida com o nosso amor, nem um filho seria tão leal aos traços.

É a mesma estatura de nosso amor, o mesmo peso de nosso amor, o mesmo volume de nosso amor.

Sou capaz de pedir em namoro minha dor. Sou capaz de noivar com minha dor. Sou capaz de casar com minha dor. E só me separo dela se você voltar.

FICO FELIZ QUE VOCÊ NÃO ME RESPONDE

Fico feliz que você não atende aos meus telefonemas. Fico feliz que você deixa minhas mensagens no vácuo, que você espia, não responde e apaga. Fico feliz com sua disposição em me destruir e não colar os nossos pedaços. Fico feliz com sua raiva contida, seus protestos secretos, suas exigências sempre misteriosas, sua atitude intransigente. Fico feliz com seu extremismo, seu isolamento, seu vestido preto e justo. Seu luto é lindo.

Fico feliz que você me evita, que você nem fala mais de mim, que cansou de sofrer. Fico feliz que você pode não me escolher, pode me rejeitar. Não suporto mesmo mendicância.

Fico feliz que você muda os trajetos para não esbarrar comigo. Fico feliz que você não escuta nossas músicas, arquivou nosso idioma, jogou fora nossos presentes, fotos e bilhetes. Fico feliz com a astúcia de sua ausência. Fico feliz que sou como uma encarnação antiga, que não estou em seu corpo. Fico feliz que não desperto nem saudade fria, nem saudade quente. Fico feliz que você não olha minhas páginas no Facebook, no Instagram, que desapareceu a curiosidade da dor.

Fico feliz que você já passou de ser vítima do desespero para ser dona do seu desespero e manda e desmanda nas palavras e no silêncio. Fico feliz que você já voltou a sair, a beber, a contar piadas, a conversar com os amigos. Fico feliz que você pode me ocultar no jardim de sua memória, sem cruz e sinal de pedras. Fico feliz que você pode fingir que nada aconteceu, fugir do que aconteceu. Fico feliz com sua resistência, sua força de vontade. Fico feliz que está resolvida e não acredita em mim. Fico feliz com sua estabilidade imediata, sua defesa articulada e coesa. Fico feliz com seu equilíbrio na tempestade, segurando o desaforo, o guarda-chuva e o rosto ao mesmo tempo. Fico feliz que abandonou as lágrimas, o nariz escorrendo, os ouvidos tremendo. Fico feliz que recolheu as roupas de sua tristeza.

Fico feliz que se tornou decidida a ponto de me evitar, a ponto de me recusar, a ponto de me esnobar. Fico feliz que você optou por seguir sua intuição, por concordar com suas premonições, por não se submeter a ser menor do que esperava no amor. Sem metades, sem mentiras, sem meias-promessas. Fico imensamente feliz que você me nega, que você me esnoba. Fico tão orgulhoso do que o nosso relacionamento nos ensinou.

Você está pronta para mim. Necessito de oposição. Necessito de alguém que me desafie. Necessito realmente de uma mulher forte ao meu lado.

DESCURTIR MIL VEZES

Uma amiga estava no começo do namoro quando seu namorado ciclista perguntou se ela andava de bicicleta. Ela respondeu que não gostava. Ele não aceitou, e foi taxativo: vou te fazer gostar.

A guria murchou, com toda a razão.

Vou te fazer gostar é tudo o que você não deve dizer numa relação, para nada.

Ele não perguntou: gostaria de um dia pedalar comigo?

Não, já decretou: vou te fazer gostar.

Ele não vai ensinar para que possa escolher ou não gostar, ele afirma que vai gostar de qualquer jeito. É obrigada a gostar. É condenada a gostar. É anular o direito de ter a própria opinião e personalidade.

Tem uma prepotência nessa frase. Um autoritarismo. Um exibicionismo. Uma ausência de carinho e respeito, como se fosse o melhor professor do mundo. Como se sua namorada jamais tivesse tentado e não curtido. Abstrai a experiência e o passado de sua companhia. Cria uma antipatia.

Vou te fazer gostar de política.

Vou te fazer gostar de cinema chinês.

Vou te fazer gostar de comida japonesa.

Vou te fazer gostar de funk.

Vou te fazer gostar de dançar.

Vou te fazer gostar de Carpinejar.

Pode inspirar com o exemplo, com sua alegria, jamais com a obrigação.

Obrigar o outro é desamor.

QUANDO VOCÊ SABE QUE PERDEU A CASA

O símbolo do casamento não é quando ela traz a escova de dente. É quando você perde o banheiro. Seu banheiro. Seu refúgio de anos de reflexão e de revistas antigas.

Não mais do que num relance, você passa a escovar os dentes longe da pia. Já treina segurar a espuma por mais tempo, bochechar a água incansavelmente até encontrar um lugarzinho para esguichar. Não repete a operação para não incomodar. O centro do espelho torna-se propriedade das manobras femininas.

Como deseja que ela se sinta em casa, cede os demais territórios de seus hábitos, abre generoso espaço, diz que ela não atrapalha, inspira sua maior participação.

Antes singelo com seus magros xampu e condicionador, o box recebe uma artilharia pesada de produtos. A gôndola transborda de potes gigantescos que sequer conhecia a existência: tem reparador de pontas, creme para pele, gel refrescante, sabonete íntimo... Sua vida anterior de 200ml é tomada por uma perfumaria litrão.

As duas torneiras do chuveiro são ocupadas pela calcinha lavada e pela esponja amarela. A esponja amarela é a prova de que ela está à vontade.

Ela se mudará totalmente para o apartamento não carregando as malas, porém o secador de cabelos. O único, o especial, aquele que comprou numa promoção e jamais estragou. Sinaliza que acabou o amadorismo da relação, os experimentos, os ensaios; pretende sair sempre impecável a partir dali. Já não quer sofrer com os cabelos secando ao vento, sem nenhum cuidado. Esgotou a fase das mechas molhadas e das toalhas como turbantes.

Disposto a mostrar que não precisa de muito, abre um canto no armarinho para que ela guarde seus produtos de maquiagem. De repente, ela diz que não entrou tudo. "Como?", espanta-se. Então, esvazia seu lado direito e guarda seu módico kit de higiene em um estojo de primeiros socorros.

Seu banheiro virou um salão de beleza. Não tem mais a rudeza e a simplicidade de antes. O cheiro é de um campo de flores. A privada ganha capa, há sprays aromatizantes grudados nas paredes, o papel higiênico é igual a um guardanapo.

Constrangido perante a limpeza cirúrgica do ambiente, abandona seu uso diário e começa a frequentar o banheiro de visita. Não se deu conta, mas foi expulso do próprio banheiro. O banheiro da suíte agora é dela, o outro é seu. Não se falou nada sobre o assunto, aconteceu simplesmente.

Quando ela vem com suas roupas, surge o terror. Não há armário e cabides suficientes. Derruba suas calças e camisas, dobra seus ternos, e vê que pode encher as malas vazias provisoriamente com suas peças. Sedado pela paixão, faz as malas sem querer e está pronto para sair de sua residência. Na hora em que ela está terminando a arrumação, olha desorientada para você.

— O que houve? — Pensa que existe uma barata por dentro das estantes ou uma invasão de traças.

— Não sobrou prateleira para as roupas de verão, amor.

Ou seja, ela lotou todas as araras e floresta amazônica do quarto apenas com as roupas de inverno.

Não pergunta sobre as roupas de outono e primavera com medo da resposta.

Isso que ela nem desempacotou os sapatos, as botas, os tênis, os chinelos, os cintos, os acessórios, o que demandaria o cofre de um magnata no banco suíço. Se acordar dormindo na cozinha, ainda é um luxo. Mulher não pede licença, ela se espalha.

COMO ELA FALA

Mulher é uma ouvinte fatal.

Ela mantém uma biblioteca de sons, um arquivo de escalas musicais em seus ouvidos.

Nasceu com um detector de mentiras nos tímpanos.

Você pode dizer as palavras certas, mas ainda será pouco.

Você pode escolher os termos mais apropriados, a ordem mais harmoniosa, as frases mais cristalinas, e ainda será pouco.

Você pode decorar o discurso, mas ainda será pouco.

Não significa que terá o respeito dela. Não assegura a compreensão dela.

Ela é capaz de implicar com você.

O homem não entende que não basta falar para a mulher o que ela quer, tem que falar do jeito que ela quer.

Quantas vezes você, para superar a insensibilidade e o laconismo do macho, finalmente expressou o que ela ansiava ouvir e ela não ficou satisfeita?

Esperava a libertação, o elogio, a recompensa e aguentará uma nova e inesperada crítica da esposa:

— Não foi o que você disse, mas como disse.

Você suspira amém, e ela entende que está sendo cínico.

Você concorda com os argumentos dela, e ela entende que somente deseja fugir da briga.

Você pede desculpa, e ela entende que é da boca para fora.

Você concorda, e ela entende que está resmungando.

O "como" feminino é mais importante do que o conteúdo da fala.

O "como" é a própria fala.

Ela valoriza o sentimento da pronúncia. A pronúncia é a porta do paraíso ou a do inferno.

Você poderá se declarar com "Eu te amo", e ela insistir em problematizar.

— Que eu te amo sem entusiasmo, sem vontade, eu não quero ser amada assim.

Será obrigado a fazer um teste vocal do "eu te amo" nesse momento. Um gargarejo do "eu te amo" até convencê-la.

Quando acertar o timbre ideal, a equalização apropriada, ela, então, num gesto de absoluto desdém, vai encontrar motivo para revidar:

— Agora não adianta, não foi espontâneo.

Está enrascado. Sempre estará enrascado mesmo empregando os diálogos perfeitos.

Além de compositor, o homem precisa ser intérprete, saber cantar, assumir o microfone da confissão.

Não basta acertar a letra, é necessário transmitir a emoção adequada pela voz.

Terá que ser um Caetano Veloso da discussão de relacionamento, um Chico Buarque do corredor de casa, um Ney Matogrosso da cozinha.

Vá treinando no chuveiro.

Ser marido é uma carreira difícil e de público muito exigente e sensível.

A ÚLTIMA BOLACHA RECHEADA DO PACOTE

A vingança é um efeito colateral da vaidade. É um sinal da arrogância que existia desde o começo da relação.

Ninguém se torna vingativo, as pessoas já são vingativas e demonstram a predisposição de destruir logo no primeiro encontro.

A vingança não é uma novidade do fim, mas uma notícia velha do início.

Não venha dizer que só conheceremos com quem nos casamos quando nos separamos. A gente conhece com quem a gente vai se separar quando se casa.

Quem se acha demais acaba se vingando. Porque pensa que, ao namorar, realiza um favor. Porque pensa que, ao namorar, concede o bilhete premiado de sua companhia. Porque pensa que, ao namorar, está garantindo a simpatia de sua conversa, a gentileza de sua personalidade, a dádiva de sua alegria, o luxo de seu humor, atributos raros e impossíveis de se jogar fora.

Quem se acha demais não namora, na verdade dá uma chance.

O tipo narcisista se coloca na posição de provedor da verdade. É afetado, unilateral e autoritário — tornou-se assim pela beleza, pelo dinheiro ou pela projeção social.

A questão é que se enxerga perfeito e intocável e confunde sua presença amorosa com filantropia.

O narcisista não admitirá qualquer crítica, e a separação é a maior delas, discordância evidente de seu modo de vida.

Jamais aceitará que errou, jamais pedirá desculpa, jamais arcará com a responsabilidade de seus atos, jamais carregará culpa pelo distanciamento. Não tem humildade da autocrítica para acolher suas falhas, muito menos sente o remorso que vem da saudade. Não tem aquela pontada natural após uma ruptura, aquela tristeza baldia e consciência aguda de que foi desatento e que poderia ter sido diferente.

Não atravessa o luto, parte direto para a represália. Uma vez rejeitado, fará de tudo para mostrar que a pessoa nada é sem ele. Diante de uma ruptura, pode deflagrar perseguição, boicote e uma série de constrangimentos sociais. Procura humilhar quem antes adorava, procura rebaixar quem antes endeusava. Troca de lado: odeia com todo o ânimo quem amava.

Sua generosidade é investimento ou um modo de manter o controle da situação. O que oferece ao longo da convivência cobrará no final.

É tão centralizador que usa a dor para aumentar seu poder e castigará qualquer um que renunciou ao prazer de seu reflexo.

O narcisista é vingativo por perceber o amor como uma monarquia. Sem ele, o outro não é nada, não tem história, não tem passado, não tem futuro. Distanciado de seu domínio, perde o direito à coroa e converte-se, de novo, em reles súdito.

A vingança é vaidade, mas não tema, não se acovarde.

A última bolacha recheada do pacote ficará para as formigas.

ESQUENTADOS E REQUENTADOS

Os esquentados, os passionais e os ciumentos correm grandes riscos com a comunicação imediata.

Podem acabar a relação por um SMS, um WhatsApp ou um e-mail, e não tem como pedir de volta as mensagens em caso de arrependimento.

E todos se arrependem: ou por uma palavra agressiva ou pelo tom debochado ou por não refletir um pouco mais.

Imbuídos do sentimento de vitimização e de injustiça, apelam para ataques frontais. No momento da raiva, jamais cogitam a hipótese do erro. Estão convictos de sua atitude porque não aguentam mais sofrer.

Curiosamente todos os grandes sofrimentos são gerados por alguém que não deseja mais sofrer.

Depois de enviar, é esperar o estrondo do outro lado. Não tem como cancelar a operação militar.

Esses sujeitos deveriam substituir a caixa de saída pela pasta rascunhos, com uma hibernação obrigatória de vinte e quatro horas.

Como não virá resposta da grosseria, o sujeito mudará de ideia ao longo do dia. E manda uma, duas, três mensagens diferentes, contemporizando o que disse, até pedir desculpa ao final, sem nenhum contra-argumento.

Ele usa as mensagens para pensar, não pensa antes das mensagens.

Passa a conversar sozinho, endoidecido, inventando o que sua companhia estaria respondendo se tivesse tempo de responder.

Ou seja, começa o dia cheio da razão e anoitece arrependido de sua cólera.

De louco fica sendo um chato. Só um chato briga sozinho, reata sozinho, chora sozinho e seca as lágrimas sozinho.

Certamente sua namorada ou seu namorado se verá com mais vontade de se separar. Afinal, louco tem seu charme, chato não.

No lugar da tecnologia, defendo os bilhetes escritos à mão. São superiores no trato amoroso, flexíveis.

Primeiramente, podem ser compreendidos errado, o que salva qualquer relacionamento. A dúvida é amor, a certeza é o fim.

Magda estava ansiosa para encerrar o namoro com Lucas. Moravam juntos havia dois anos.

Deixou um bilhete na geladeira, preso com ímãs de melancia, e foi trabalhar.

"Pode arrumar tuas coisas, não aguento mais. Não me espere para a janta."

Quando Magda chegou em casa, estranhou o perfume de lavanda, a casa limpa, límpida, brilhante. Lucas entendeu que ela reclamava de sua bagunça e tratou de faxinar o apartamento. Guardou seus tênis e roupas espalhados, organizou os livros, criou caixas com seus pertences.

Ficaram juntos, evidente, pois Magda terminou envergonhada diante da incompreensão e faceira com a repentina mudança de comportamento.

Além de românticos e imprecisos, os bilhetes são naturalmente removíveis.

Vitor, por exemplo, decidiu pôr um ponto final em seu casamento de quatro anos com Elisabete.

Redigiu uma longa carta de despedida, explicando os motivos do desinteresse e a tristeza da ruptura, que não desejava magoá-la, mas não tinha jeito. Colocou o envelope em destaque em cima do tampo de vidro do fogão, e saiu para o serviço logo cedo.

Quando voltou para o almoço, disposto a reunir suas coisas, sua esposa não tinha ainda acordado, era folga dela e ele não sabia.

Ele releu o testamento e jogou fora.

Elisabete jamais soube do fim do casamento e permanece casada até hoje com Vitor.

O sono cura qualquer crise. Mesmo que seja o sono dos outros.

PREPOTÊNCIA

A soberba não vem de quem nunca erra, vem de quem erra e se envergonha de seu erro a ponto de disfarçar a gravidade do que aconteceu. Fica imensamente encabulado por ser pego em flagrante. Em vez de oferecer desculpa e conforto, ataca e caça tristezas anteriores de sua companhia como equivalência. Seu discurso é: eu errei, mas você também já errou antes, portanto não tem o direito de apontar agora o meu erro.

Não admite ser nunca menos, mesmo quando foi menos. Interpreta a sua própria omissão como natural, indiferente ao estrago emocional proporcionado na vida de seu amor.

A prepotência não surge de quem nunca falha, e sim daquele que falha e não faz nada para corrigir a dor que causou. Porque a pessoa não está preocupada se magoou com uma brincadeira maldosa, uma grosseria ou um desleixo, está preocupada unicamente consigo, em manter sua imagem e rebater as críticas. Não tem a empatia do sofrimento, não se imagina no lugar do outro, não se coloca numa posição honestamente falível.

Aquele que ama pensa primeiro na dor que provocou em sua companhia para depois cuidar de si. Vai telefonar correndo, vai vir correndo, socorrer a aflição do seu par:

— Desculpa, imagino o que está sofrendo, imagino o que entendeu.

A humildade generosa provará que foi um deslize e jamais será um hábito. A humildade generosa tratará de contornar, prontamente, o revés.

Já o arrogante é o que procura ter razão, não importa de que jeito, quando deveria ter somente sentimento naquela hora. E não se mexe para recuperar a dignidade de suas palavras.

15 CHAMADAS NÃO ATENDIDAS

Não há maior loucura do que a bondade.

Se seu namorado ou namorada liga 15 vezes sem motivo (15 chamadas não atendidas enquanto trabalha), a reação esperada é xingar, chamar de psicopata, reclamar que deste modo desconfiado não tem como seguir a relação e até terminar o namoro.

Mas quem é bondoso desarma a loucura: — Ligou 15 vezes para mim? Que bom, significa que você sentiu muita saudade, significa que me ama muito, que você não consegue me esquecer nem por um minuto. Ai que bonito.

A pressão será entendida como demonstração de apego. A insegurança será entendida como preocupação apaixonada. A ansiedade será entendida como urgência de se ver.

Aquele ou aquela que telefonou 15 vezes ficará em estado de choque diante do aplauso de sua carência. Nunca mais vai ligar com medo da reação.

Na hora da cobrança, não compre briga, diga como é importante ter alguém para nos lembrar de nossos defeitos.

Não há maior loucura do que o amor.

DONO DO MUNDO

Não tenha medo de quem é ciumento, mas de quem é possessivo.

O ciúme não é nocivo, é um sentimento sadio e normal para revelar os limites da aceitação e da dependência. Moderado, transmite inclusive uma sensação charmosa de cuidado e de proteção. No início do relacionamento, revela paixão e comprometimento.

Ciúme é uma insegurança passageira, uma carência pontual. Costuma ser mais uma dúvida do que uma desconfiança.

O problema é a possessividade, que impõe conclusões e não questiona, sempre incontrolável e insaciável.

A possessividade é o ápice do machismo, escraviza e anula personalidades.

Com a fachada da adoração, o sujeito cria uma prisão emocional. Não permite que a mulher viva nada além do que é concedido dentro da relação. Seus elogios são mesadas. Suas gentilezas são oportunistas. Seu cerco é castrador.

O que ele busca é enfraquecer sua companhia de tal maneira que ela não apresente mais individualidade e forças para se opor. Sua tática é cansá-la perguntando e exigindo explicações para qualquer coisa. Disposta a não se incomodar e evitar os conflitos, ela vai dizendo sim e apagando as diferenças.

É como ter um pai patrão, não um marido. É como ter um chefe, não um cúmplice. É como ter um dono, não um parceiro.

A possessividade não é brincadeira, não é engraçada, não é bem-vinda.

O possessivo será rude com seus amigos e familiares, será grosseiro com seu círculo de convivência, armará barracos e escândalos nos momentos de suas maiores alegrias, sob o pretexto de sinceridade e transparência e que precisa dizer o que vem sentindo.

Sem se dar conta, estará pedindo autorização para se vestir, para sair, para falar, para se comportar, para se divertir. Tudo o que fizer dependerá de relatórios minuciosos e narrativas detalhadas, e nada agradará para garantir a confiança e a liberdade.

Um cafetão seria mais discreto e generoso.

Terá seu Facebook administrado pelo marido, seu celular monitorado pelo marido, seus gastos checados pelo marido.

O controle começará com o comprimento e o perfil das roupas, depois avançará para as fotos nas redes sociais, prosseguirá nas amizades (seus conhecidos dependem de aprovação à semelhança de linha de crédito) e, por último, desembocará na utilização das palavras em mensagens.

A possessividade é a ameaça de bomba dentro de sua casa. Pode evacuar o coração. Não costuma ser trote.

SÓ AS DÚVIDAS SÃO CERTAS

A mulher discute para se explicar, discute para se organizar.

Abre suas vacilações e temores para dividi-los. Não procura obter ajuda de ninguém, conselho de ninguém, apoio de ninguém.

Está pensando alto, repartindo suas inquietações.

Às vezes a briga é só uma sessão de gritos, de agudos, de lamentos.

Mas o homem não tem paciência. Sua vaidade é maior do que sua paciência.

Diante da mínima conversa séria, já leva para o lado pessoal, já se sente acusado, já se põe ameaçado e cobrado. Nem escuta até o fim e se defende.

Identifica-se como culpado de algo que ainda não sabe o que é e não pagará para ver. Seu anseio imediato é revidar e se proteger. Se não vira as costas de verdade, vira as costas dos ouvidos.

Carente, o homem se posiciona como o centro do mundo, sempre no papel de protagonista. Sofre de antropocentrismo amoroso. Jura que tudo o envolve e que a mulher não tem outros anseios, outras preocupações, outras necessidades que não ele.

Se ela está insatisfeita, entende que é problema dele. Se ela está deprimida, entende que é problema dele. Se ela está chateada, entende que é problema dele.

Jamais raciocina que ela pode estar falando apenas de seus problemas e que não é uma indireta, direta, cilada, armação, ironia, sarcasmo.

Esta é a grande diferença: a mulher pretende ser ouvida (e se ouvir acompanhada), descarregar a tensão, espantar as aflições, e o homem se vê atingido pelo desabafo e se coloca como o provedor de todas as dificuldades do mundo.

Durante a discussão de relacionamento, a mulher senta no divã enquanto o homem se acomoda no tribunal.

O homem quer resolver logo a questão, a mulher quer problematizar para definir a melhor escolha.

O homem acha que está perdendo tempo com divagações; a mulher acredita que ganha tempo analisando diferentes perspectivas.

Como se percebe atacado, o homem não acolhe a catarse com a alegria da cumplicidade, não recebe a confissão com o entusiasmo da confiança. É um péssimo espelho: atalha, conclui antes da hora, resume. Irrita a mulher com sua pressa e sua ânsia de sair logo daquela cena.

Tem resistência em exercitar hipóteses, possibilidades remotas, vidas imaginárias.

Qualquer dúvida que vem de sua mulher é sinal de infelicidade. Qualquer crise que vem de sua mulher é sinal de fraqueza e covardia.

Ele somente se acalma com certezas. Porém, as certezas não existem. Nunca existiram.

NÃO SUBESTIME

Ou por que Brigitte Bardot se apaixonou por Serge Gainsbourg?

Você acha que a mulher está com um homem feio por falta de opção?

Porque não teve chance com algum bonito?

Você pensa que ela é frustrada? Ou que é cega e um dia vai enxergar onde ela se meteu?

Considera que ele foi o que restou, que se pudesse estaria com outro?

Quanta tolice. É apenas seu medo de não entender o que aconteceu. É seu receio da concorrência secreta, de que sua fórmula estética não sirva.

Ela não foi vítima do azar, mas abraçou a sorte. Escolheu o sujeito entre tantos, entre muitos. Optou porque ele tem algo que nenhum antes demonstrou.

Enquanto uns oferecem uma felicidade pronta, tal homem criou uma felicidade somente para ela.

A felicidade é improviso, carisma, charme, ímã, empatia.

Ela não o vê como feio, mas como lindo. Sem eufemismos. Sem exagero. Lindo. Como um soneto de Vinicius é lindo. Como uma canção de Chico é linda. Como o sorriso do Caetano é lindo.

Enquanto você se fixa na aparência, ela se decidiu pela intimidade. A intimidade é nossa verdadeira aparência. O que somos convivendo, não o que somos sozinhos.

Há algo lindo nele que ela descobriu: sua gentileza pontual, a voz rouca soprando safadezas no momento certo, seu humor insuperável, o toque dele no pescoço que a arrepia, a firmeza com que ele segura a cintura, a transa absolutamente passional, o abraço protetor, o modo como ele briga pela família, a inteligência de começar o assunto e espantar a tristeza, a autocrítica para terminar um assunto e dispersar a briga.

Ninguém mais a perturbou, ninguém mais a transformou como aquele homem. Não subestime o interesse feminino.

Só ela sabe o que a motivou a amar. E o amor não se abala com impressões.

Carecas, gordinhos, esquisitos, estranhos, temperamentais, alternativos, exóticos, orelhudos, narigudos, extravagantes, não têm o que reclamar: a beleza está na fala.

Uma mulher apenas se entrega para quem consegue ouvi-la, enxergá-la e, principalmente, admirá-la.

NÃO SE PODE MAIS IDEALIZAR NESTA VIDA?

A mulher sempre é culpada pela idealização. Por esperar demais de um amor.

Porque o amor que ganha não se equipara ao amor que deseja.

Porque há um completo desencontro entre o que ela sonha e o que ela suporta ao acordar, entre o anseio pela cumplicidade e a avareza que aguenta num relacionamento.

E ela se torna culpada: é ela que não valoriza o que tem, não se reduz ao que vê, não agradece o que recebe.

E ela se torna uma esnobe ao abandonar relações justamente por defender sua felicidade. E parece que essa felicidade não existe e está sendo burra em persegui-la.

Será que deveria se conformar com o pior e desperdiçar sua existência com o pior? Não se pode mais idealizar? É um crime conservar o apelo romântico de achar um príncipe, sua cara-metade, seu complemento da alma? Será que ela necessita fingir que a bijuteria brilha como uma joia? Fingir que o coaxo é um canto de cisne? O pessimismo é a expressão da saúde emocional hoje em dia?

A idealizadora sofre, apanha, é xingada, apedrejada, excluída socialmente, é a Geni da canção de Chico Buarque, é a nova Madalena da Bíblia.

Não é ela que está certa, ela que é excessivamente exigente.

Não é ela que sabe o que quer, ela que é perfeccionista.

Não é ela que tem razão, ela que vive cobrando, arrumando briga e procurando defeito.

Não é ela que procura a qualidade, ela despreza as opções.

Seu sofrimento é visto como um despropósito. Acaba ganhando o descrédito dos amigos e da família, o estigma de que é fora da realidade, de que não valoriza o pouco.

Já ninguém acredita quando ela diz que vai casar.

— De novo?

Já todos reclamam quando ela anuncia que cansou de casar.

— Não pode desistir.

Se ela insiste, é louca. Se ela desiste, é louca.

Nunca agrada e corresponde às expectativas dos seus próximos. Mas não pode ter suas frustrações, é proibida de ter suas decepções, é vetada de ter suas desilusões.

Precisa suportar as lamúrias dos outros, mas não pode expressar sua insatisfação.

A idealização é vista como uma alucinação, um distúrbio psicológico: você está querendo alguém que não existe, forçando a projeção, não enxergando o que sua companhia guarda de bom e verdadeiro.

Não pode reclamar de barriga vazia, pois está consolidada a ideia de que reclama de barriga cheia. Como se namorar ou casar fosse uma bênção, quando é apenas mais uma formalidade do machismo.

Sem idealização, não existe ambição no amor, esperança no amor, fé no amor.

Nivelar por baixo é desastre.

Quem se contenta com o banhado jamais cultivará um jardim.

EFEITO COLATERAL DA ROMÂNTICA

A mulher romântica tem um efeito colateral: não perdoa. Não perdoa mesmo.

Ela não esquecerá qualquer mancada que tenha feito.

Não tem jeito: pode recorrer ao exorcismo, afogar Santo Antônio, investir em macumba.

Nada apagará a ofensa de sua memória.

Nada amansará sua dor.

O tempo não desgasta a lembrança amarga, é tudo como se fosse ontem. Ou melhor, hoje de manhã.

Não existem atenuantes, não existe a tecla DELETE, não existe nem condenação por serviços comunitários.

Lembrará para toda a vida. Sempre voltará ao assunto, sempre trará o ressentimento à baila.

Você pensa que, por ser romântica, ela é tapada. Você pensa que, por ser romântica, ela aceitará qualquer coisa. Você pensa que, por ser romântica, ela terá compaixão. Enganou-se redondamente.

Você confundiu romantismo com amor incondicional, este é o seu engano.

Toda mulher romântica, por mais que se esforce, jamais perdoa qualquer deslealdade ou infidelidade.

O homem pode se retratar, arrepender-se de joelhos, prometer ser perfeito dali por diante: não adianta.

Mulher romântica somente é boa quando você não pisa na bola.

Depois da falha, ela será um inferno.

Como ela é devota, sensível e dedicada, qualquer sofrimento pesa duas vezes mais. A ferida dói o dobro.

A mulher romântica não tolera mentira.

Desde o início da relação, só faz uma exigência: a sinceridade.

Uma vez quebrada a sinceridade, ela não acreditará mais.

O conto de fadas não tem como ser refeito.

O encantamento some, e o poder das juras desaparece.

QUANDO ELA NÃO PERDOA

Uma mulher magoada e traída vive reencarnando a mesma queixa.

Em todo encontro.

Ela pode amá-lo, mas nunca esquece seu erro.

Em todo encontro.

Ela sempre volta ao assunto, retoma o conflito, não termina de sofrer e de acusá-lo. Xinga, grita, desafora.

Em todo encontro.

Você já pediu desculpa, disse que não faria mais, reconheceu o tamanho de sua falha, mas ela não diminui seu tormento, não alivia seu castigo, não abranda sua pena.

A impressão é que pretende castigá-lo retornando ao tema dolorido, à quebra da lealdade, à infidelidade inadmissível.

Não suporta que ela toque de novo na ferida, pois passaram meses desde a ocorrência. Quer apenas um dia feliz, sem cobrança; um dia esquecido, sem sangrar.

Eu entendo o tumulto do coração feminino. Ela não conseguiu dizer tudo o que queria, por isso vive se repetindo.

Você nunca deixou que ela falasse até o fim. Até o fundo do ódio. Até a raiz da indignação. Até a medula do desespero. Até a exaustão da voz.

Em todo encontro, quando ela começa a chorar e se desesperar, interrompe o discurso.

Por medo de ouvir o que ela tem a dizer ou por imaginar o que será dito.

A questão é que ela jamais avançou além do início de sua angústia, do que elaborou em segredo.

Como não aguenta ter provocado tanto sofrimento, não permite que ela encerre a conversa.

É um ano inteiro que ela procura libertar sua dor e você continua adiando o exorcismo.

Sempre abafa as conclusões, sempre atalha com brincadeiras, sempre abraça e pede controle, sempre exige que ela não fique remoendo a desgraça, sempre se explica e se justifica, sempre cria atenuantes.

O que não percebeu é que ela não volta ao passado porque simplesmente não saiu dele.

Seu perdão não apaga o direito de esclarecer o que aconteceu.

Seu perdão não elimina a liberdade de desabafar.

Para o homem, o perdão é uma pedra definitiva sobre o assunto. Para a mulher, o perdão apenas pode ser dado depois que ela falar tudo.

Precisa do heroísmo para permanecer quieto até o fim.

Pode levar horas ouvindo, atravessar mudo uma madrugada inteira.

Só o silêncio, a humildade do silêncio, devolverá a certeza da compreensão.

A compreensão é o recomeço do amor.

A FALTA DO QUE FAZER

A felicidade não dura muito tempo. Talvez uma manhã, uma tarde, uma noite. Dois dias. É mais intensidade do que duração.

Se você não tira o riso do rosto, é plástica ou está fingindo. Esconde a melancolia e se esforça para disfarçar.

Felicidade não é obsessão. Felicidade é se contentar com o que não deu certo também.

É a impossibilidade da frustração, é o antônimo da culpa.

Uma criança entende mais de felicidade porque não a entende.

O adulto, ao desejar ser feliz, já perde metade da felicidade (e a outra metade a saudade rouba).

Felicidade é estar sensível, disponível, atento a qualquer distração; é uma predisposição a mudar de planos.

É uma vida que não depende de um objetivo para ser plena.

É combinar um cinema, declinar e ficar satisfeito por estar com a mulher no sofá. É desistir de uma festa e se orgulhar de um jantar caseiro. É marcar o alarme e dormir de conchinha mais vinte minutos.

Felicidade é preguiça. Não tem a ver com trabalho.

É se divertir, de forma inédita, com o que já realizou centenas de vezes.

É se contentar com pouco, quase nada, é querer somente o que já se tem.

É absolutamente sem motivo. Sem planejamento.

A felicidade é a falta do que fazer bem-feita. Não é pensar naquilo que não conseguimos, é agradecer o que redescobrimos.

É quando sua alma está com o bluetooth ativo para outras almas e é capaz de receber amizades sem mediação. Eu até diria que a felicidade é uma liberdade a dois.

Não se revela na emanação larga dos lábios e na sanfona dos dentes.

Quando o riso é redondo, perfeito, completo, é um riso falso, riso para enganar, riso de proteção, riso para afastar intimidade.

O autêntico riso é imperfeito, infantil, retangular, carente, envergonhado. Pede o complemento de um abraço. Ou de um beijo.

Aliás, a gente ri mais com olhos do que com a boca. Já a gente chora mais com a boca do que com os olhos.

Quem é feliz tem um brilho macio nas pupilas. Há uma luminosidade no olhar que chama portas e janelas. Quem é triste não cansa de rir e procura piada em tudo.

Não se pode ser feliz sempre, eis o que absorvi em meus quarenta anos.

Duvide da felicidade constante, da felicidade ininterrupta.

A felicidade dói. É um doce intervalo, para sair de uma tristeza e aguentar a próxima.

COISINHAS QUE APRENDI SOBRE O AMOR

Não há amor sem risco. O amor é o próprio risco.

Para as relações que se encaixam, temos as amizades. O amor é confronto, dissidência, divergência. É ser atraído pela oposição. É descobrir que precisamos especialmente daquilo que não somos. Para ampliar o que somos.

* * *

É necessário assumir o que sentimos. Aquele que tem medo de se declarar defenderá sempre o medo na relação. Será o porta-voz do medo ao longo de toda convivência.

* * *

Quem recua um passo não avança dois. Só vai andar mais para trás. Na dúvida amorosa, ande para o lado. Que é um convite para dançar a dois.

* * *

Você pode procurar conforto e não a felicidade. O conforto é um contentamento rápido e efêmero. Já a felicidade é lenta e vem da intimidade, vem do trabalho, vem do esforço, vem da construção de um dialeto, vem da longa compreensão de uma vida em comum.

A felicidade é como enxergar os filhos crescidos: o sacrifício desaparece, o que fica é a gratidão de ser testemunha privilegiada do tempo.

AMOR INÚTIL

Quando o amor é inútil? Quando você entrega sua vida, sua casa, sua paixão, seu tempo, ainda é inútil. Quando você muda sua personalidade, fica silencioso, mata a ansiedade, ainda é inútil. Quando você responde alto e se envaidece da passionalidade, ainda é inútil. Quando você engole a razão, cospe o perdão, ainda é inútil. Quando você emagrece, quando você engorda, quando você some, ainda é inútil. Quando você se arruma para provocar ciúme, ainda é inútil. Quando você avisa de cada passo e de cada palavra, ainda é inútil. Quando você fuma, para de fumar, bebe, para de beber, ainda é inútil. Quando você só elogia, só descreve momentos bons, ainda é inútil. Quando você só critica, reclama das tristezas, ainda é inútil. Quando você faz graça para aliviar a tensão, ainda é inútil. Quando você mantém pose de sério, ainda é inútil. Quando você não mente mais, é direto e óbvio, ainda é inútil. Quando você é fantasioso e exagerado, ainda é inútil.

Quando você adivinha, deveria perguntar. Quando você pergunta, deveria adivinhar. Portanto, inútil, inútil. Será sempre inútil.

Quando você é submisso, ainda é inútil. Quando você é vingativo, ainda é inútil. Quando você não discute, espera o tempo acalmar, ainda é inútil. Quando você briga para ganhar uma declaração, ainda é inútil. Quando você viaja para procurar lembranças felizes, ainda é inútil. Quando você lembra o início do namoro, ainda é inútil. Quando você se imagina envelhecendo junto, ainda é inútil. Quando você esconde sua resignação, reprime a saudade do sexo, ainda é inútil. Quando você grita por companhia, pede beijo e abraço, ainda é inútil. Quando você chora, toma banho no escuro, ainda é inútil.

Quando você se vê cheio de esperança, arruma surpresa, compra presentes, ainda é inútil. Porque a esperança é também só sua. A fé é também só sua.

Quando você planeja casa, sonha com filhos, ainda é inútil. Quando você desiste dos planos para viver um dia de cada vez, ainda é inútil. Quando você se separa para acordar a relação e nada vem, nada tem importância, nada pode ser feito, ainda é inútil. Quando você chama de volta, junta os pedaços, cola as fotos, ainda é inútil.

Amor inútil. Tudo o que não é suficiente é inútil. Será inútil.

ESPERANÇA É O QUE MAIS DÓI

É me acomodar no avião e já adormeço. Nem espero o comissário fechar as portas.

Durante conexão de Galeão para Salgado Filho, escorado na janela, pronto para babar, escuto uma mulher chorando na poltrona da frente.

Sempre vou acordar quando ouvir uma mulher chorando. Meu sono não resiste à mulher chorando.

Ela soluçava ao telefone:

— Você disse que a gente moraria junto depois que terminasse seu treinamento. Você mentiu, você só está me enrolando com promessas. Promessa dói. Esperança dói.

Não alcançava qual o contexto da conversa, mas sua frase produziu muito sentido.

Esperança dói!

Eu quase chorava junto. Ela estava coberta de sentimento mais do que coberta de razão.

Concordava com ela: não minta com esperanças. Minta com qualquer outro sentimento, menos com esperança. Não ofereça esperança se não acredita na relação.

Pense bem antes de falar, pense se realmente deseja cada verbo. Cuidado com aquilo que sonha em voz alta.

Todas as palavras são estrelas cadentes. Prometer é sério, prometer é se comprometer.

Não adianta dizer que só falou, alegar que não fez nada de errado e lavar as mãos no vento. Falar é fazer.

Entenda que a esperança é o que mais machuca. Não há maior tortura do que gerar esperança em vão: é oferecer para tirar.

Não estimule projetos se não está disposto a cumprir, se não é sincero, se não é verdadeiro.

Não diga da boca para fora pelo prazer da hora, pelo romantismo, pelo arrebatamento.

Imaginar já é concretizar. Se não tem segurança com sua companhia, não iluda. Não fique fantasiando casa própria, filhos, cachorro, viagens ao exterior. Não insufle o porvir para agradar. Não disfarce o pouco sentimento com a eternidade. Não chame o futuro impunemente. Não apele para a emoção à toa.

A fantasia é uma responsabilidade do casal. Pois o amor é o que se vive somado ao que se conversa somado ao que se planeja.

Ao fortalecer intenções, permite que ela ou ele passe a esperar dali por diante.

Somos crianças no amor, ansiosas pela confirmação das expectativas. Enxergamos o que imaginamos, trabalhamos para conseguir o que imaginamos.

Esperança é também parte importante do namoro. Esperança é também lembrança do namoro. Esperança é também memória do namoro. Esperança é também realidade do namoro.

O que foi idealizado a dois é um patrimônio da intimidade, um marco da confiança.

Ninguém sofre numa separação por aquilo que aconteceu, sofrerá por aquilo que não vai mais acontecer. Sofrerá pela perda da esperança mais do que pela perda do amor.

ESQUIZOFRENIA DO AMOR

Não sei o que é mais perturbador: aquele que se sente incomodado e discute a todo momento ou o que atravessa a tempestade verbal sem nenhuma alteração de humor.

Já fui os dois, mas ainda arco com a indecisão sobre qual tipo ajuda mais o amor. Não tenho a resposta, até porque resposta nem sempre é solução.

Qual o perfil mais agradável: o que debate sem parar ou aquele que não debate nunca? O que chora ou o que não chora jamais? O que se desespera nas divergências ou quem vira as costas, bate a porta e foge de qualquer conversa séria? O que se mostra muito interessado em tudo o que se vive dentro do casamento, corrige os problemas na hora, sofre horrores para se fazer entender ou o que despreza os aborrecimentos diários, não alimenta a fogueira das palavras e larga discussões com a confiança intacta, como se nada tivesse acontecido?

Não venha concluir que é o meio-termo, o meio-termo não é uma realidade amorosa.

Gostaria de entender qual dos extremos tem mais sucesso na resolução dos conflitos. Sobram pontos positivos e negativos para ambas as partes.

O primeiro ama escandalosamente, sofre com as oscilações do cotidiano, só que também não deixa os desentendimentos naturais esfriarem. Pode gerar rupturas pelo cansaço.

O segundo facilita a mudança de estado de espírito, só que parece gélido e imperturbável, subestima as dificuldades da companhia e corre o risco de criar um perigoso distanciamento na relação.

O primeiro tem a virtude da sinceridade, porém estraga a noite com sua ansiedade. Briga e não consegue realizar coisa alguma até firmar as pazes. Não dorme, não come, mergulha no mal-estar profundo. Apresenta beiço, raiva, contrariedade e vai se aquietar apenas com carinhos, abraços redentores e pedidos espalhafatosos de desculpa. É sincero, porém passional.

O segundo tem uma leveza maravilhosa e também irritante. Recém quebraram os pratos e conversa com absoluta desmemória, como se estivesse acordando naquele momento. Ao mesmo tempo em que evita dramas desnecessários, também não permite a intimidade da raiva e da catarse.

A sensação é que os gritos e as discordâncias entraram por um ouvido e saíram pelo outro. Você está inchada do choro e ele já está vendo sua série predileta e rindo loucamente.

É uma dúvida insaciável, a mesma que atinge nossa reação diante do ciúme: se preferimos estar acompanhados do preocupado que não oferece um minuto de trégua ou de um indiferente, que nem nos olha.

Cada vez mais reconheço que no amor não existe o melhor, mas o menos pior.

SEPARAÇÕES LÍQUIDAS

Casar virou namorar, namorar virou ficar, ficar virou provar.

Acredito que todo mundo casa fácil porque é também muito fácil se separar.

Nos anos 70, o casamento era medido por décadas. Mesmo quando um casamento fracassava, durava no mínimo duas décadas.

Nos anos 80, o casamento era medido por anos. Mesmo quando um casamento desmoronava, durava no mínimo cinco anos.

O casamento hoje é por dia. Como se fosse hotel.

Agora o matrimônio cobra diária. Todo dia é dia de se separar. E por qualquer coisa.

Las Vegas do divórcio é aqui.

Você pode sair de manhã, eufórico e confiante, extremamente disposto, seguro do romance, e quando voltar de noite não encontrar mais ninguém ao seu lado.

Se cometeu uma falha, nem terá oportunidade de se explicar. Se não errou, nem terá chance de entender e desfazer confusões.

É tão simples se divorciar que ninguém mais pretende se estressar. Não há nem o civilizado e educado aviso de despejo. É dar as costas, largar o passado e seguir adiante. Quebrou o amor, troca! Quebrou o amor, compra outro! Quebrou o amor, não vale investir consertando!

Os casais não brigam mais até cansar para, então, se separar. Não brigam mais até esgotar as possibilidades para, então, se separar. Não tentam durante semanas e semanas expor as dores, as feridas e a raiva para, então, se separar. Não recorrem ao choro, à histeria, ao perdão, ao abraço, aos centros religiosos, aos amigos, aos parentes para, então, se separar.

A separação vem antes. A separação é a regra. A separação é o hábito. A separação é seca, definitiva, sem explicações.

As pessoas se separam primeiro para depois discutir. As pessoas se separam primeiro para depois conversar. As pessoas se separam primeiro para depois desabafar o que incomoda.

Elas arrumam todas as malas, esvaziam os armários, realizam a limpa no apartamento e depois, se houver vontade, se encontram e sentam frente a frente para resolver as diferenças.

São uniões interrompidas com silenciadores, distantes de estampidos e gritos.

Ninguém se separa de fato, todo mundo deserta, todo mundo abandona a convivência.

É uma irresponsabilidade extraordinária com o outro, é uma indiferença tremenda ao que foi construído com o outro, é um desprezo ao que foi sonhado a dois.

E os motivos podem ser os mais loucos e insignificantes. O desenlace não ocorre mais por justificativas duras como adultério e deslealdade.

Há gente que se separa por incompatibilidade de gênios (expressão que denuncia megalomania, o correto seria incompatibilidade de burros).

Há gente que se separa porque não suporta o medo de ser traído.

Há gente que se separa porque estava muito feliz e não aguentava tamanha pressão.

Há gente que se separa porque se viu entregue ao relacionamento e estava perdendo a identidade.

Há gente que se separa porque não sabia mais o que estava fazendo da vida.

Há gente que se separa porque não esperava que fosse assim.

Atualmente entra-se numa relação e não se fecha a porta — a porta permanece encostada o tempo inteiro.

ACABOU O AMOR

Estava tomando café com um amigo.

E o telefone dele tocou, tocou, tocou sem parar.

Eu perguntei: não vai atender?

Ele disse que não, não era nada de mais, que era a mulher dele.

Pode ser importante, insisti.

Ele explicou que não tinha vontade de ouvi-la.

Busquei entender: aconteceu alguma coisa? Brigaram?

Não, ele me respondeu, não haviam discutido, não aconteceu nada, somente não tinha interesse.

O número da esposa apareceu na tela mais duas vezes sem esperança, em histérico silêncio.

Daí entendi algo importante: quando a esposa deixa de ser prioridade, acabou o amor.

Quando a esposa é adiada não tem mais amor.

Quando não há mais curiosidade, desejo de escutar sua voz acima de tudo e de qualquer coisa, no meio do trabalho ou da alegria entre amigos, acabou o amor.

Quando não há questão de socorrer ou de acalmar, de conversar ou de saber o que aconteceu, acabou o amor.

Acabou o amor.

O CORAÇÃO CUSPINDO

Quando você não tem como resgatar uma história de amor, meu amigo, meu irmão, o coração vai cuspindo.

O coração está gripado. Está doente.

Você respira bem, mas o coração não. Não criaram uma aspirina para o coração.

Não tem como tomar um remédio. Ou esquecer.

Seu coração cospe o nome dela, as imagens dela em cada tentativa de romance.

As mulheres com quem vai sair não notarão o seu peito apertado. O seu peito confrangido. O seu peito constrangido. O seu peito doendo a falta de esperança.

Mas, entenda, seu coração vai cuspir muito ainda. Talvez seja pneumonia do coração.

Seguirá com a vida porque não tem o que fazer: ela arrancou o futuro da relação, a esperança, ela não mudará, continuará lhe destratando, sendo grosseira, muda, fria, insensível.

Ela não dará jamais as respostas que deseja. A saúde que espera. O arrependimento que anseia.

Cuspirá, meu querido. Nas calçadas e nos canteiros, cuidando para não ser visto.

Um exorcismo que não termina, fracassando para jogar fora o excesso não vivido a dois.

Sofre da nostalgia do que não viveu e não viverá mais.

Ela não merece seu amor — o que agrava a sua angústia. Pertencimento e merecimento não andam lado a lado, descobriu isso, infelizmente.

Você já cansou de rezar. A tosse é o cansaço da memória. O cansaço do silêncio. O cansaço de Deus. O cansaço da insistência: esta insistência cansada na desistência.

O amor pulsa inteiro entre palavras quebradas.

O amor bate inteiro com a fé estraçalhada.

Tudo foi piorando de tal forma que ou você afundava junto com ela, humilhado, ou você emergia, sozinho e ferido.

Todo amor a uma mulher deve coincidir com o amor à vida.

Seu coração tosse quando janta acompanhado em um restaurante diferente e percebe que sua ex poderia gostar de um prato, da decoração, quando seu pedido no cardápio é mais o pedido dela do que o seu, quando você tem vontade de sair dali para contar para ela que precisa conhecer um novo restaurante, que é a sua cara.

Mas ela não escutará você. Porque estará de mau humor, estará cobrando novamente, sempre insatisfeita, sempre infeliz.

Você tentou fazê-la feliz e ela somente lhe machucou.

Já conclui que ela odeia sua felicidade, ama seu amor e odeia sua felicidade.

Não dará importância à sua poesia, aos seus detalhes, ao tempo que leva reunindo a saudade de lugar a lugar para oferecê-la.

Seu coração tosse sem parar quando busca se envolver com uma pretendente. Depois da euforia do sexo, da inconsciência do sexo, ficará com uma vontade imensa de se isolar e mandar a companhia embora. Terá que ser educado para disfarçar a tosse e não transmitir a sensação de que usou a pessoa. Você vem se usando, não usando ninguém.

A tosse é indelicada e convence seu rosto a mergulhar na tristeza. Não consegue conversar, pois seu coração quer cuspir. De novo e de novo.

Você não fala mais com ela. Você não telefona. Você não manda mensagens. Você não tem nenhum motivo ou pretexto. A tosse é a paixão sufocada. A paixão por dentro sem voz, sem comunicação, sem nada.

Ela tampouco imagina que seu coração está cuspindo.

Seu coração cospe. Intervalos longos em que o mundo para e desaparece.

Seu coração resmunga. Seu coração não é seu, ainda é dela, até quando?

O CORAÇÃO DURO DE ROER

É desaconselhável conviver com alguém logo depois de uma separação. As mulheres têm razão.

Não há condições de ser agradável, de ser sociável, de ser carinhoso.

Separado não admite visitas por mais de uma hora que já começa a sofrer com flashbacks.

Só consegue ser educado por uma hora. Depois disso, o desespero e a saudade tomam conta dele.

O que ele mais quer é ficar sozinho para poder se derramar. Reservar-se o direito da antipatia das lágrimas.

Depois que chora, até deseja chamar o convidado de volta, porém já é tarde.

Não há dor maior do que a separação. Quando foi amor. Quando é amor. Aliás, os tempos verbais se embaralham: ontem parece hoje, o amanhã parece ontem.

Impossível determinar se ama ou amou, nada deixou de acontecer na pele.

Além da falta de apetite e do desleixo característico, o separado alucina. Arca com infinitas crises de ansiedade, de susto, de apreensão. É uma fissura incontrolável: seu desejo é resolver a dor de qualquer jeito, e qualquer jeito é voltando para sua ex de qualquer jeito.

Olha para a janela como quem aguarda um ônibus. Encara a porta como quem espera um trem. Está atrasado de si.

Aguenta apagões consecutivos de consciência, como se estivesse sendo assaltado a cada meia hora. O separado foi terrivelmente roubado, não descobriu ainda o que levaram. Descobrirá pouco a pouco, dia a dia, despertar a despertar. Talvez tenha sido latrocínio e ele seja um fantasma pela casa.

É uma confusão mental entre o que foi e o que poderia ser. Ele lembra e imagina simultaneamente, sem definição precisa das fronteiras. De vez em quando, recorda uma experiência comovente a dois, uma conversa de cozinha, juras na cama, vindas de um passado remoto; em outras, delira o que estaria fazendo naquele instante, que palavras seriam ditas, qual música estariam ouvindo. Vive uma avalanche intermitente de sensações antigas e novas com o mesmo peso, incapaz de decifrar o que realmente é verdadeiro.

Isso quando não apanha do lado turvo do relacionamento — as discussões, as decepções, o choque de identidades —, coisas que não gostaria de ter enfrentado e que não entende como não conseguiu remediar a ponto de salvar o casamento.

Tudo o que conta aos amigos e familiares é o contrário do que sente. Reclama e ofende sua companhia para se convencer de que decidiu acertadamente, mas o que deseja é simplesmente receber o beijo e o abraço dela de volta. Inviabiliza, de modo racional e inútil, as chances de reconciliação, entretanto é o que anseia. Cria uma oposição desastrada para prevenir sua passionalidade.

Como não pode ter o que quer, mendiga milagres. Posta frases e indiretas no Facebook e no Twitter, ainda que ela esteja bloqueada, acreditando numa comunicação sobrenatural.

Nem trabalha, muito menos descansa. Reconstrói cenas de ciúme ou de redenção, fraqueja com filmes, não consegue ler um livro, manter o foco, sua atenção oscila para uma única obsessão: ligar ou não ligar, retornar ou se manter firme no propósito de se distanciar.

O separado é um doente. Deveria ser internado. Posto numa cama com soro. Sua cabeça não dá trégua, porque enfrenta um impasse entre sua razão e sua emoção, numa queda de braço que resulta sempre em fratura.

Está com o osso fora do lugar. O coração é um osso agora. Duro de roer.

Se fosse um cachorro, enterrava. Se fosse um cachorro, mas não é.

PARA ONDE VAI O AMOR?

Quando deixo de amar, não fico aliviado, eu fico triste. Porque é se despedir de uma grande parte da própria vida, é se desapegar de um sentimento que julgava único.

É triste deixar de amar. Profundamente triste. É sacrificar a personalidade, é nunca mais usar um jeito de reagir e de falar, nunca mais usar um jeito de beijar e de abraçar, nunca mais usar um jeito de transar e ser feliz.

Passo a pensar: onde foi parar todo aquele amor? Onde é que ele se escondeu? Será que desapareceu ou apenas está dormindo?

Será que terminou mesmo ou é fingimento para suportar a falta? Será que minto para mim para não sofrer tanto?

Será que o amor é um segredo disfarçado de fim? Será que a minha solidão agora é soberba? Será que meu contentamento é uma cilada? Será que me embriaguei de palavras e esqueci o caminho de volta?

Onde estão aquelas declarações apaixonadas? Em que parte distante de mim, já que não sobem mais aos olhos?

Para onde foram a algazarra da convivência, os passeios, as viagens, as mãos dadas, os risos, a cumplicidade das festas, as brincadeiras, o sono de conchinha, as conversas até tarde?

Para onde foram a ansiedade, o ciúme, a saudade, o desespero de não ver mais, as implicâncias ruidosas, as concordâncias silenciosas?

Para onde vai o amor após sumirem as fotos, os quadros, as mensagens de texto, os bilhetes de flores?

Quando não há mais dor para sinalizar onde se mantinha o amor. Quando não há mais desespero para apontar onde se guardava o amor. Quando não restam lápide, campa, cicatriz, rua, aliança para ostentar sua lembrança.

Em que parada de Porto Alegre desembarca a comoção perdida? Qual a estação em que o amor acena e evapora? Que planeta, que dimensão, que oceano?

Ou ele se transforma numa mania nova, num modo de suspirar, de virar o rosto, de mexer as orelhas?

Ou ele se converte em cinismo religioso, em maldade com os palhaços, em ironia com noivos, em raiva de qualquer *save the date* dos amigos?

Para onde vai o amor depois do amor? Me fale, por favor. As lágrimas, quando secam, permanecem eternamente na pele? Não sei. Mas meu rosto está cada vez mais salgado.

SEGURANDO O *AMOR* PELAS UNHAS

Não há como forçar saudade, podemos induzir o choro, mas a saudade é pura, a saudade é livre.

Saudade é um trabalho da paciência, de longa aceitação das diferenças.

Saudade é transformar falhas individuais em virtudes da relação.

É reconhecer que ele ou ela é assim e valorizar do mesmo jeito.

Você não vai sentir saudade da generosidade do namorado, ou do senso de justiça da namorada, pois os elogios não produzem falta, mas sentirá, curiosamente, saudade do que mais incomodava na convivência: do ciúme, da implicância, da toalha molhada na cama, da tampa levantada da privada, da mania de beber a água no gargalo.

A virtude é poligâmica (a maioria aprecia), o defeito é monogâmico (só um suporta).

Saudade é gostar daquilo de que não se gostava. Saudade é a atração do contrário; o ponto fraco de cada um torna-se o ponto forte a dois.

Enquanto na paixão a união ocorre pelas qualidades, no amor os defeitos é que se casam.

Mirela e Fred viveram juntos por dez anos.

O que ela mais protestava é que ele cortava as unhas na cama. As unhas dos pés e das mãos.

Choviam lascas para os lados.

Um ogro com aquela tesourinha pouco sutil, obcecado em arrancar a pele, com modos de alicate de eletricista.

A cena já era repulsiva. Um homenzarrão de cueca, em posição de yoga, com a língua de fora, caçando suas pontas. A língua de fora não precisava.

Mirela reclamava:

— Não pode fazer isso no banheiro? Não fico me depilando na sua frente.

Fred fingia não escutar.

Mirela reclamava ainda mais:

— Não é nada sensual, é um bebê desesperado roendo as unhas dos pés.

Fred fingia não escutar.

Mirela se posicionava a gritar:

— Porra, é a nossa cama, pode ter respeito. Tá me ouvindo, cacete?

Quando a mulher vira homem, o homem vira mulher:

— Desculpa, amor, já está acabando.

O que acabava era a paciência dela. Ela pegava o travesseiro, uma muda de cama, e dormia no sofá.

— Não vou deitar em cima de suas unhas, vá se foder!

Ele não fazia por mal, mas tampouco obedecia por bem.

Quando ele morreu de ataque cardíaco, Mirela, minha amiga desde o Ensino Médio, me contou que pirou na primeira noite sozinha. Enlouqueceu de saudade, a ponto de perder nojo por qualquer lembrança.

Todas as lembranças eram essenciais, mesmo as que mais desagradavam. Ela chorava de ternura dos momentos mal-educados de seu monstro. Quando ele comia na panela antes de servir na mesa. Quando ele arrotava e perguntava quem foi. Quando ele escondia as roupas sujas no armário fingindo que lavou. Quando ele tentava mentir e gaguejava.

— Como posso amar o que me irritava? — ela me questionou.

Ao dormir, agora sozinha, ela levantou o lençol e ficou procurando as unhas de seu morto com as mãos espalmadas. Amorosamente, acariciava o tecido perseguindo um vestígio, uma cutícula, um vidro da carne.

Ela catava as unhas soltas no quarto com o valor de uma aliança.

Tudo é aliança depois da despedida.

Buscava encontrar um pedaço dele vivo dentro de casa.

ESTAVA CURADO ATÉ VOCÊ APARECER

Tudo tão bem guardado, eu jurava que tinha esquecido, controlado o nosso passado.

Eu já sorria com os amigos, já me divertia, já trabalhava com afinco, viajava leve, flertava livre.

Eu já contava com uma outra vida.

Já não resmungava seu nome em cada ligação, já não rezava pelo seu retorno, já não esperava que o celular fosse tocar, já passava pelos nossos lugares favoritos como se fossem ruas desconhecidas do GPS.

Até que vi você em minha frente.

Até que abracei você.

Até que seu perfume voltou a se misturar à minha barba.

Até que sua boca se aproximou do meu pescoço, macia e fria, como a gola de uma camisa recém estreando.

E aquela atração que julgava desaparecida e morta ressurgiu como se fosse o nosso primeiro dia, o nosso primeiro dia com a memória do último dia.

Você me reabriu muito rápido. Quanta facilidade, quanta naturalidade. Precisou de pouco, quase nada. Eu me senti inútil, despreparado, decepcionado com a fraca resistência.

Você reabriu a caixa cardíaca que destruí e não acabou, a caixa cardíaca que enterrei e continua mandando em mim.

Você precisou só me olhar como se estivesse com fome, sem dizer nada, para que eu colocasse dois pratos na mesa.

Você só precisou ameaçar abrir o botão, sem dizer nada, para que lhe ajudasse a tirar o casaco.

O que sofri não me protegeu de você. A angústia não me protegeu de você. A raiva não me protegeu de você.

E me desesperei porque poderia sofrer tudo de novo e ainda assim não me protegeria de você.

Todo esforço foi em vão. Todo o domínio foi em vão. Toda a reabilitação foi à toa.

Tanta dor para erguer paredes, que apenas serviram para não ter saída.

Deveria saber que a dor não imagina portas, a dor não cria portas, a dor unicamente levanta paredes.

A dor me facilitou para você, estava preso em minhas palavras enquanto se aproximava.

Vejo hoje que, durante o tempo distanciado, enfrentava sua lembrança, jamais sua pele roçando a minha, jamais sua voz a um passo de meu rosto, jamais suas pernas entrelaçadas.

Não me preveni contra sua presença, e sim contra sua imagem.

Eu treinei me separar com você longe, não perto, não rente, não soluçando beijo. Este seu beijo que fica soluçado quando aumenta o desejo.

Bastou uma centelha para a esperança queimar a casa inteira. Bastou o fósforo apagado para recobrar o fogo.

Antes seguro, tranquilo, confiante, agora tremia, balbuciava, perdia o discurso, agradecia o abismo.

Meses de ressurreição desmoronados em segundos.

Você se escondeu de mim dentro de mim.

A ÚLTIMA VEZ

Se já é difícil dar adeus quando não se ama, imagina quando se ama.

Não é simples colocar um marcador de página numa história de amor, e abandonar a leitura.

Reconhecer que jamais terminaremos aquele romance. Não haverá recompensa por aquilo que se leu até ali. Ninguém nos contará o que aconteceu.

Não participaremos do final feliz: os filhos, a velhice lado a lado, a casa cheia de netos. Não estaremos juntos na derradeira linha. É morrer sem ter morrido. É desaparecer estando onipresente.

O livro de sua imaginação ficará fechado para sempre. A relação terminou antes do fim do amor. O leitor terminou antes da obra. Não descobriremos qual será o desfecho.

Não queira viver o dia de uma despedida com a consciência de que é uma despedida.

É uma cirurgia sem anestesia. Será cortado, será remexido por dentro, será costurado, sentindo cada pontada e rasgo, antecipando cada movimento com os olhos abertos. A pele vai doer como um osso, a sensibilidade pedirá piedade, o ouvido apanhará qualquer frase como uma possível sentença salvadora.

Melhor que a despedida seja involuntária, desconhecida, desavisada. Melhor que seja abrupta, de repente, improvisada.

Pois se despedir é sofrer com tudo que lhe tornava feliz. É abrir os braços para a mágoa como se viesse uma alegria em nossa direção.

É um esforço para decorar o estranho momento que abandonaremos uma vida tão desejada.

O nós é a primeira partilha — o plural perderá seu domínio. Voltará a chamar a pessoa que ama pelo nome, como se não a conhecesse. Não mais de Meu Amor. Não mais de Minha Paixão.

É entrar pelo quarto pela última vez, e ter noção de que será a última vez.

É olhar pela régua que mantém a janela aberta da cozinha pela última vez, e ter noção de que será a última vez.

É abrir o guarda-roupa pela última vez, reconhecer o estalo da divisória de madeira, e ter noção de que será a última vez.

É fechar o registro do chuveiro pingando pela última vez, e ter noção de que será a última vez.

É ajeitar as almofadas do sofá pela última vez, e ter noção de que será a última vez.

É ouvir a respiração perto pela última vez, copiosa, irrefreável, e ter noção de que será a última vez.

É abraçar pela última vez e não soltar porque é realmente a última vez.

É beijar pela última vez e soluçar porque enfim chegou a inacreditável última vez.

É uma coleção de instantes definitivos. Preciosos. Sábios.

Despedir-se é guardar. Guardar é cuidar. Cuidar é nunca deixar de amar.

Quem faz questão de se despedir, quem faz questão de inventar uma despedida, é que ainda ama. Ama muito. Ama demais. Ama loucamente.

REFÉM DA SEPARAÇÃO

Você mergulhou no relógio lento de um sequestro.

À espera de um telefonema, de uma mensagem, de um comunicado do valor a retirar do fundo de si.

Não pretende envolver a polícia dos familiares, não falará para ninguém, para evitar represálias.

Só quer seu amor de volta. Ouvir a voz do amor para ter certeza de que está vivo e não sofreu nenhum ferimento.

Seu tempo é voltar atrás, é retornar os ponteiros, é ontem e anteontem. Não mais frequenta o tempo normal. O tempo parado da rotina. O tempo absoluto da continuidade, de explicar a manhã pela tarde e a tarde pela noite.

Não orbita mais no tempo dos compromissos, da agenda, do café/almoço/janta.

Não tem pressa de sair de casa, tem pressa por algo que não sabe nem o que é.

Sua pressa é um disparo aleatório, um rompante inexplicável, um ataque de ansiedade. É uma urgência de não fazer coisa alguma. É um desespero sem vontade, uma dor sem lugar para doer.

Escuta sua respiração, nítida, como se estivesse caminhando dentro d'água. Andando no interior de uma piscina, economizando ar. As palavras sobem à superfície, presas em bolhas. São bolhas de sabão da tristeza, do desencanto adulto.

Desde que você se separou, os minutos são horas, as horas são dias.

Acredita que sobreviveu a um ano sem aquela que amava, mas apenas transcorreu um dia.

A sensação é que no seu rosto falta uma sobrancelha, um nariz, um ouvido, e todos já identificaram a ausência, menos você.

Passeia aparentemente inteiro porque guarda sua imagem da véspera. Não viu como está agora. Tem medo de ver.

Você não se separou dela, mas de si.

Sua boca é aflitiva, na densidade da água no ar, juntando lembranças e força para pagar um resgate.

Como pagar oito anos de volta? Quanto orgulho custa uma reconciliação?

Você olha o mundo e não enxerga. Pede emprestado para qualquer sombra que passa. Olha um pássaro e pede seu voo emprestado. Olha um cachorro e pede seu faro emprestado. Olha um gato e pede sua elasticidade emprestada.

Sua angústia tomou o tamanho da esperança.

Enquanto dorme e sonha, não lembra que está sozinha.

É acordar que logo recorda da mão vazia de anéis. Tem aquela confusão da descrença: será que aconteceu mesmo?

Está acontecendo sempre quando acorda. Não para de acontecer.

Estende as pernas para tocar no corpo dela e o pé descobre que a cama não termina de terminar.

O coração não termina de terminar.

A palavra não termina de terminar.

Nada termina, nada anoitece, nada é eterno como já foi um dia.

PÁSSARO COM ASAS DE ÂNCORA

Posso jogar fora nossas fotografias, posso jogar fora poemas, posso jogar fora nossos objetos em comum, posso jogar fora nossos lugares prediletos, posso jogar fora nosso dialeto, posso jogar fora nossos rituais, posso jogar fora, acredite, posso jogar, mas não consigo jogar fora o jeito bonito como lhe amei. Olho para o meu amor por você e não consigo descartar. O meu amor por você era tão bonito.

Eu lhe amei como nunca amei ninguém. Como apagar, como esquecer, como fingir que não faz parte de mim?

Eu lhe amei com toda a minha devoção, antecipava voos para ganhar alguns minutos ao seu lado. Eu lhe amei com todas as surpresas que poderia inventar. Eu modificava minha agenda para lhe oferecer carona. Eu não reclamava de me acordar antes para preparar seu café. Você pedia, eu fazia. Você balbuciava, eu fazia. Você duvidava, eu fazia.

Derramei bilhetes pela casa, derramei gérberas pela casa, derramei roupas pela casa.

Não tive outra prioridade senão sua felicidade, mesmo que isso custasse minha paz.

Briguei demais pela nossa relação. Cada nova separação era uma esperança de que voltássemos melhor.

Eu lhe amei com os sentimentos bons e ruins. Eu lhe amei com minha fé. Eu lhe amei com minha dor. Eu lhe amei com os meus traumas. Eu lhe amei com meus dramas. Eu lhe amei com minha amizade. Eu lhe amei com meu ciúme.

Todas as vezes em que me senti injustiçado, lhe ofendi para ver se recebia seu perdão.

Todas as vezes em que acabei a relação, sonhava com seu retorno.

Quis ser indispensável mais do que justo.

Eu pedi desculpa, insisti, enlouqueci. Fui um idiota, um sábio, um obstinado, um ingênuo, um ridículo. Fui até eu mesmo. Fui um pássaro com asas de âncora: rastejava pelo ar.

Só desejava ser seu, só desejava que fosse minha.

Rezava para que a saudade viesse, imponderável, suplicante, definitiva.

Nunca pensei minha vida sem você. Mesmo o meu pior procurava estar casado com você.

Até o último momento, busquei desarmá-la com a emoção. O último gesto redimiria qualquer desavença.

O último gesto seria a entrega irrestrita. Um sim sonoro seria suficiente para combater as negativas sussurradas por dentro.

Empenhei tantas metamorfoses que não lembro o que entreguei. Eu me adaptava, voltava atrás, recuava, regredia, fingia segurança, simulava racionalidade, parava de fazer brincadeiras.

Por você, combatia os amigos, o mundo, a família.

Aguentei seus surtos, seus sustos, suas agressões, suas humilhações, seu deboche, suas alternâncias, sua mudança de opinião, aguentei você me deixando plantado no restaurante, nos bares, na rua, aguentei seus gritos, suas unhadas, seus dentes.

Não fugi de conversar. Nunca deixei de atender um telefonema, nunca desliguei em sua cara, nunca deixei uma mensagem sem resposta.

Até o último momento, até depois do último momento, demonstrei que amava.

Não disfarcei, não omiti o que sentia. Disse com todas as palavras e todos os silêncios, para não gerar dúvidas.

Você não entendeu que eu lhe amei bonito.

E meu amor bonito não é meu, é seu. Não ficou comigo. O amor não é uma propriedade de quem sente, é uma transferência total para quem é amado. Assim como uma carta é de quem lê, não de quem mandou.

Espero que você não tenha jogado fora.

MEUS OLHOS SUJOS

Ela sempre reclamou que eu não sabia tirar as remelas quando despertava.

Eu era capaz de passar o dia, mesmo tomando banho, mesmo lavando o rosto, com os ciscos nos cantos.

42 anos e os olhos sujos do sono, os olhos imundos do sonho.

Não entendia como não tinha paciência para esfregar os dedos nas pontas e remover o que não dependia de esforço.

Permanecia com o rosto desobediente, aparvalhado, de menino acordando às pressas para a escola. Será que ninguém me ensinou? Será que não consegui aprender?

Não raspava os pratos na mesa, assim como não raspava o fundo dos olhos. Este era eu.

Quando nos separamos, eu me arrependi do que não insisti em ouvir para entender.

Foi quando escutei o seu choro na sala.

O choro derrotado de quem tentou salvar de tudo o que é jeito a relação, e nada mais mudaria minhas certezas.

Ela não chorava como uma mulher, não chorava como uma adulta, não chorava como já tinha visto, apesar de fazê-la infeliz várias outras vezes.

Ela chorava como uma criança, um timbre infantil agonizando no fundo de sua voz madura. Era o choro que chorava, não alguém chorando.

Como se houvesse uma criança trancada no quarto das lágrimas, pedindo para sair, esmurrando a porta das faces.

Ela se dobrou numa almofada, o corpo contraído, envolvida no espaçar mínimo de grito e resmungo, característicos de uma menina. Uma menina de luto. Uma menina cansada do luto.

Ela não uivava como um animal encurralado, não gemia como uma desiludida, não chorava cantando como a angústia pede, não forçava a passagem da correnteza com o soluço, não exagerava na cena.

Natural, espontânea, desafinada, com sua pureza renascendo do sofrimento.

Ela era uma menina desesperada, uma menina repentinamente órfã, uma menina correndo mais rápido do que o pranto.

Seu tom plangente doía em meus ouvidos, perturbava, como arranhões no vidro com as unhas.

Num sacrifício desmedido, ela me oferecia sua infância. A vulnerabilidade total de seu corpo, a grandeza de sua pequeneza. Demonstrava seu medo de dormir no escuro, de ficar sozinha de novo, de não ser aceita. A injustiça do mundo que uma criança, desde cedo, pressente com toda a sinceridade.

Não me contive, e chorei junto.

Foi seu gesto de adeus. Ela retrocedeu no tempo de sua dor para se tornar uma menina e amar o menino que fui.

As lágrimas levaram minhas remelas.

Enfim, poderia ser adulto. Meus olhos hoje estão limpos e, em compensação, muito mais amargos.

FORA DO TEMPO

Não deixo o tempo perdoar em meu lugar. Não darei a ele o crédito de minhas dores.

Assumo os tropeços e eu mesmo peço desculpa. Minha soberba é menor do que a minha inteligência, e posso garantir que é bem menor do que o meu coração. Ainda que seja um coração tolo, crédulo, facilmente influenciável.

Não tenho nenhum problema em perder uma briga, mas tenho todos os medos na hora de perder um amor.

Não permito ao tempo resolver o que não resolvi, ajeitar o que não ajeitei, concluir o que abandonei, sugerir o que silenciei, falar por mim.

Não assinarei uma procuração no cartório para que ele defina minha situação.

A franqueza tem que ser paga à vista. O tempo apenas acumula juros e distorções do nosso valor.

Não são os dias, os meses, os anos afastados daquele que amamos que nos trarão clareza. Até porque a saudade torna todos os dias iguais, não faz nenhum sentido aguardar o que já se sabe.

Há o hábito de sumir e desaparecer quando os dilemas aparecem na vida amorosa. Eu me comprometo até o fim. Se não tem saída, aproveito para ficar junto.

Sou adepto de permanecer na tempestade — nenhum dilúvio é para sempre. Sou possessivo com as minhas lembranças, arrumo a bagunça que criei, explico minhas crises, não transfiro ao tempo o que é de minha responsabilidade.

Não considero justo o tempo dizer que eu estava certo ou errado. Isso é confortável, e não existe tranquilidade que substitua a sinceridade. Melhor errar assinando a página do que acertar anonimamente.

O tempo organiza, mas não define. O tempo esfria, mas não cura. O tempo estanca a hemorragia, mas não cicatriza. O tempo elimina a carência, mas apaga o desejo. O tempo acalma, mas não garante o entendimento. O tempo adia as dúvidas, mas não consolida as certezas. O tempo finge que avançamos, mas não saímos do lugar. O tempo serve para diminuirmos a importância das ofensas, mas não resgata os elogios que não serão feitos.

O tempo é o senhor da razão, só que sempre escolho a fé, senhora da ação.

A fé cria seu próprio tempo. O tempo de amar é agora.

QUANDO VOCÊ ERA PEDRA, FUI FOLHA.
QUANDO VOCÊ ERA TESOURA, FUI PEDRA.
QUANDO VOCÊ ERA FOLHA, EU ESCREVIA..
MAS NENHUMA PALAVRA DE AMOR FOI
SUFICIENTE. TALVEZ QUANDO ME TORNAR
PÓ, COM O VENTO FORTE DA SAUDADE,
FECHARÁ OS OLHOS PARA ENXERGAR
O QUANTO SEMPRE ESTIVE DENTRO DE VOCÊ.

Capinejar

HISTÓRIA PREDILETA

Um escritor consagrado, de oitenta anos, volta para sua cidade natal. Um pequeno município de 15 mil habitantes. Seus pais já morreram.

Ele demorou duas décadas para regressar. Era o beneficiário da casa abandonada, mas ele não deu importância ao inventário. Não vendeu, muito menos habitou.

De barbas brancas e sobrancelhas acompanhando a velhice, Luiggi embarcou numa carruagem rumo ao bairro de sua infância.

O cocheiro puxava assunto:

— De volta, mestre?

O escritor, absolutamente amargo, respondia contrariado:

— Sim, depois de muito tempo.

— Continua escrevendo? — O cocheiro parecia conhecê-lo, mas o autor não lembrava de onde, os traços não abriam o envelope do nome.

— Não, parei. Já fui muito apaixonado.

— E não se apaixona mais?

— Não, estou na idade de lembrar as paixões, não mais de vivê-las.

Ao se postar na frente da residência amarela de esquina, Luiggi solicitou que o cocheiro esperasse um pouco, somente iria tomar alguns minutos.

O cocheiro travou os cavalos.

Luiggi abriu a porta enferrujada. Todos os móveis estavam cobertos por lençóis brancos, inclusive o espelho.

A poeira dançou pelo lustre com o visitante. As traças se enganaram e cobriram a luz como se fosse um verão repentino.

Ele subiu ao segundo andar, ao quarto de sua mãe, e desemperrou as venezianas.

Ao puxar para fora as tramelas, veio uma braçada violenta da laranjeira para dentro do ambiente.

A laranjeira abraçava o filho pródigo. Estava reprimida esperando seu regresso.

Colheu uma laranja do alto dos galhos, sentou na cadeira de balanço materna e descascou lentamente a fruta com o canivete; a casca desceu em espiral, como novelo de lã. Permaneceu sentado durante algum tempo conversando com seus fantasmas, pedindo desculpa pela demora, justificando o abandono.

Não saía de sua cabeça quem era o cocheiro. Aquela afetuosidade antiga, aquela intimidade que desconhecia a origem.

Quando deu as costas para a casa, orientou o cocheiro a deixá-lo na estação.

Enquanto atravessavam a estrada, o cocheiro murchou, entristeceu, as lamparinas dos olhos apagadas pelo vento forte.

— O que houve? — questionou Luiggi.

— Não me reconheceu mesmo, né?

— Sinto muito, não lembro quem você é.

Luiggi se encaminhou com sua mala para o trem. O cocheiro gravemente abatido se despediu e atiçou a parelha ao redemoinho das ruas.

Foi quando o romancista teve um acesso de lucidez e se recordou da fisionomia do cocheiro.

Despencou com sua mala gritando pela calçada, desesperado de ternura, mas o cocheiro havia se afastado excessivamente para virar o pescoço.

Os berros explodiram em vão, atrasados:

— Pietro! Pietro! Pietro!

Pietro era o protagonista de seus romances. Ele não reconheceu o seu próprio personagem. O rosto que idealizou, o rosto que nasceu de sua imaginação. Não identificou quem ele mesmo criara em várias novelas.

É assim que somos com o amor. Demoramos a perceber o nosso sonho quando surge em carne e osso. Não acreditamos que ele virá nos buscar.

E terminamos por chamar aquele que amamos de volta quando já está longe demais para ouvir.

ORAÇÃO DA SAUDADE

Ah poderosa saudade que vem de madrugada enquanto todos estão dormindo.

Ah poderosa saudade que sonha de tarde enquanto todos estão trabalhando.

Ah poderosa saudade, noite com sol, estrelas em céu de meio-dia, não gostaria de tê-la, não gostaria de sofrê-la.

Ah poderosa saudade que ora é lembrança de alguém indo embora, ora é pressentimento de alguém voltando.

Ah poderosa saudade, que mistura os sentimentos e não nos dá entendimento.

Ah poderosa saudade, que é suspiro e falta de ar, que é formigamento e pontada no peito.

Ah poderosa saudade, afrodisíaco de um veneno, queda e voo, medo corajoso. Já não sei se espero em silêncio, já não sei se grito em desespero. Já não sei se escuto a voz dela vindo ou se a voz dela nunca saiu de meus ouvidos.

Ah poderosa e enganadora saudade, que converte implicâncias em sortilégios, que transforma lacunas em virtudes, que unifica diferenças inconciliáveis de temperamento.

Ah poderosa saudade que se assemelha ao amor, mas pode ser carência.

Ah poderosa saudade que se aproxima da fé, mas pode ser miragem.

Ah poderosa saudade, que pede desculpa e não perdoa, que agrada agredindo, que conforta perturbando.

Ah poderosa saudade, que me tortura recordando alegrias, que me humilha com sua humildade, que me arrebenta com sua suavidade.

Ah poderosa saudade, essa alma de dois num só corpo, esse lençol de solteiro em cama de casal.

Ah poderosa saudade, que só se agiganta com a distância, que só aumenta com a ausência, que é uma indigência dentro de casa.

Ah poderosa saudade, esta reza sem paraíso, este esforço de imaginação para manter a memória.

Ah poderosa saudade, que me leva para longe mesmo quando estou parado, que me faz caminhar sem jamais pisar no chão, é o chão que se move e me carrega na escada rolante das palavras.

Ah poderosa saudade, é o cheiro dela em meu corpo, é o cabelo dela pelas roupas, é a boca dela em meu gosto.

Ah poderosa saudade, indestrutível saudade, que é imunidade e vulnerabilidade, que é transgressão e obediência, que é súplica e consolação.

Ah poderosa saudade, que brinca falando sério, que destrói rindo, que reconstrói chorando.

Ah poderosa saudade, contramão de nossa vontade, que joga lembranças boas quando estamos desistindo, que sopra lembranças ruins quando estamos resistindo.

Ah poderosa saudade, que parece me abençoar e maldizer ao mesmo tempo.

Ah poderosa saudade, violência do frio no quente, choque do quente no frio.

Ah poderosa saudade, tristeza cheia de esperança, alegria já terminando.

Ah poderosa, infernal saudade, impossível de matar, que volta toda vez mais forte quando sou assassinado de novo pelo sorriso dela.

O MAIOR PRÊMIO DO AMOR

O que é mais complicado: uma entrevista de emprego ou uma conversa de reconciliação?

Em ambas, temos que cuidar de cada palavra, conter a prepotência, esconder o ressentimento, é preciso ter esperança e fé na medida certa, e apresentar sobriedade e segurança nos gestos e nas atitudes.

O correto é responder somente o que foi perguntado, com clareza e convicção. Não é recomendado falar demais, o que pode despertar assuntos incômodos, e tampouco falar de menos, capaz de transmitir indiferença.

As duas situações são muito idênticas, paradoxalmente semelhantes. São avaliações de nosso temperamento. Um lapso pode indicar a perda da vaga.

No recrutamento profissional, é abusar do riso que entregamos o nervosismo e caímos no terreno do deboche. Na reconquista amorosa, é uma frase equivocada e todas as brigas e desentendimentos voltam com força total.

São negociações de alto risco, mas considero a reconciliação como a mais tensa e delicada.

Porque, na entrevista de emprego, seremos contratados pela primeira vez. Existe um desconhecimento otimista de nosso passado, um voto de confiança. Contamos com cartas de recomendação e um currículo resumido. O que prevalece é a vontade de trabalhar.

Já na volta afetiva estamos sendo recontratados. Não há nenhuma indicação de terceiros, nem a mínima possibilidade de mentir. O outro nos conhece e não tem como enganar. Não há modo de disfarçar nossos problemas e defeitos. Não somos flores perfumadas. O único caminho viável é o da sinceridade. Convencer nossa companhia de que, na soma de erros e acertos, acertamos mais. É uma avaliação do legado, acima dos prognósticos.

Se o motivo da separação foi infidelidade e deslealdade, não tente dividir a culpa. Assuma sozinho. Se o motivo da separação é estresse e desgaste, o ideal é usar o nós no discurso e repartir a responsabilidade.

Quem busca ter vantagem na discussão acaba reabrindo as feridas e pisando em ovos. Procurar culpados não adianta nada, ainda é se omitir. O que desarma a raiva é se importar com o sofrimento de nossa companhia e valorizar a construção a dois (os fracassos e sucessos).

É o momento de humildade generosa: eu também errei, fui imaturo, desculpa por tudo o que magoei.

Há duas operações fundamentais que não podem faltar: ouvir sem interromper e falar pausadamente não fazendo brincadeiras.

Preparar-se para reatar os laços deve ser levado a sério como uma seleção de Recursos Humanos. É o equivalente a um concurso público. Preocupados em resolver logo a pendência sentimental, esquecemos nossas condições físicas e psicológicas.

Antes do acerto de contas, durma oito horas, converse com os amigos, alimente-se direito. Marque em um lugar neutro para conter a passionalidade e o extremismo e evitar os gritos e as ofensas. Vista roupas leves e confortáveis, leve a garrafinha d'água e esteja disposto a atravessar longas horas quebrando a cabeça e resolvendo cálculos metafísicos. Não dá para chegar cansado e com fome, que somente trará intolerância, imposição e impaciência. O desastre é resultado do descuido. Na grande parte das vezes, o conflito vem da exaustão emocional: a vontade de acabar o sofrimento de qualquer jeito.

O esforço compensa. Ser chamado de volta é o maior prêmio do amor. Maior do que a sedução.

DA BOCA PARA FORA, DE FORA PARA BOCA

Quem quebra a promessa de viver junto para sempre quebrará a promessa de ficar separado.

É uma questão de coerência.

Aquela pessoa que diz que nunca mais vai lhe procurar, que vai sumir, que vai desaparecer, é a mesma pessoa que disse que jamais lhe abandonaria, que estaria para sempre ao seu lado.

Como ela não cumpriu a primeira promessa, é certo que não cumprirá a segunda.

Ela perdeu a longevidade da palavra. Suas palavras ora são ameaças, ora são convites, e têm a mesma tendência de persuasão.

As frases morrem: o que resta é o sentimento que elas escondem.

Não dá para acreditar na maldição da separação se o voto de amor eterno não foi respeitado.

Ela não conseguirá ficar longe, assim como fracassou para se manter perto.

Nem precisa sofrer por antecedência. Ela voltará.

Como a eternidade do relacionamento não vingou, a eternidade da separação seguirá idêntico caminho: logo estará diante dela de novo.

Não tem como confiar em alguém que afirma que abandonará o passado se antes ela já assegurou todo o futuro.

As casualidades são maiores do que a nossa consciência. O amor é maior do que as nossas ordens, o amor é um desmando.

O curioso é que, rompendo a jura de nunca mais se ver, ela termina regenerando o juramento de sempre ficar junto.

A vida é estranha. Não tem como consertar, que é somente piorá-la.

BEM QUE TENTAMOS

Não conseguimos nos separar.

Fracassamos ao nos separar.

Somos incompetentes para a despedida.

Tem gente que não dá certo junto, a gente não dá certo separado.

A vida fica muito pior quando isolados.

Em nossa combinação, tempo é distância, distância é saudade, saudade é amor urgente.

Eu que adoro miolo de pão, tiro o excesso para lhe imitar. Não compreendo se é imitação ou influência, percebo que, em sua ausência, você continua ao meu lado, eu é que desapareço. Vivo reproduzindo suas atitudes e gestos. Sou um mímico de seu rosto. Sou um intérprete de sua risada.

Intriga-me este mistério que não nos permite o fim da relação. Qual a fatalidade? Será maldição? Karma? Dívidas de vidas passadas? Macumba? Reza?

Por que não nos desamamos?

De onde vem essa obsessão, essa vontade louca de estar sempre colado?

Nem a diferença de idade nos aparta, nem as personalidades diferentes nos distanciam, coisa alguma, problema nenhum.

É como se descobrisse que somos vampiros do amor: não há morte em nossa entrega.

Já tentamos de tudo para nos separar e não funciona. Já abusamos dos desaforos, das ofensas, das discussões, do ciúme, das brigas, dos barracos. Já falamos mal um do outro, já rifamos o passado, já criamos atritos, inventamos o inferno, metemos a família no meio, chamamos os amigos para complicar o final. E só fortalecemos ainda mais os laços.

Cá estamos mais apaixonados do que no primeiro dia. E ninguém entende nada, muito menos nós. Geramos crises em nossos terapeutas.

Nosso amor não morre! Nosso amor não acaba!

Eu me assusto com a promessa de longevidade, talvez tenhamos que envelhecer juntos, talvez seja necessário aceitar os fatos, talvez a mala não seja nossa porta, talvez o aceno seja para os outros, talvez nosso sangue sonhe filhos.

De tanto criar hipóteses, investigar nossa convivência, explorar nossas confusões, eu acredito que não iremos nos separar por um simples motivo: fizemos algo de errado no início. Cometemos uma grande gafe. Uma falha imperdoável.

Não sabemos quem disse o primeiro eu te amo.

Não assinalamos o autor da declaração fundadora. Não anotamos o nome do corajoso.

Lembramos tudo, menos quem disse o primeiro eu te amo.

Recordamos nossas viagens, os aniversários de cada passo, os detalhes microscópicos de nossos hábitos, menos quem falou primeiro. Quem declarou primeiro. Quem transformou o endereço em destino.

Se não sabemos quem falou o primeiro *eu te amo*, resta-me crer que já nascemos nos amando. E eu, muito antes, privilégio de quem é mais velho.

SEMPRE PROMETEMOS QUANDO A REALIDADE NOS FAVORECE.
SEMPRE JURAMOS QUANDO O VENTO LEVA AS PALAVRAS.
SEMPRE ACEITAMOS RAPIDAMENTE QUANDO NÃO EXISTE
NENHUMA DIFICULDADE. MAS QUERO VER AMAR
ESPERANDO SOZINHO, QUERO VER AMAR SEM
NENHUMA PERSPECTIVA DE RETORNO, QUERO VER
AMAR ASSIM PROMETENDO, COM OS OLHOS ARDENDO,
JURANDO NO MEIO DA NÉVOA, ACEITANDO ANDAR
NO MEIO-FIO DA FACA. AMAR LONGE DA
IDEALIZAÇÃO DO AMOR: AMAR PELO OUTRO ATÉ O
AMOR DO OUTRO PERCEBER QUE É **AMOR**. Carpinejar

FABRÍCIO CARPINEJAR

Manoel de Barros já anunciava que Fabrício Carpinejar "é uma voz toda nova, inventariante de mundos, onde os reinos das emoções se fundem".

O escritor, 42 anos, natural de Caxias do Sul (RS) e radicado em Porto Alegre (RS), vem criando uma prosa absolutamente sincera e passional.

É poeta, cronista, jornalista e professor, autor de trinta obras na literatura, entre livros de poesia, crônicas, reportagem e infantojuvenis.

Atua como apresentador da TV Gazeta (onde conduz o talk-show "A Máquina") e TVCOM, comentarista do programa "Encontro com Fátima Bernardes", da Rede Globo, e da Rádio Gaúcha, colunista do jornal *Zero Hora*, do jornal *O Globo* e da revista *IstoÉ Gente*.

Ganhou vários prêmios, entre eles: o 54° Prêmio Jabuti (2012) com o livro *Votupira* (SM Edições) e o 51° Prêmio

Jabuti (2009) com o livro *Canalha!* (Bertrand Brasil), da Câmara Brasileira do Livro; o Erico Verissimo (2006), pelo conjunto da obra, da Câmara Municipal de Vereadores de Porto Alegre; o Olavo Bilac (2003), da Academia Brasileira de Letras; o Cecília Meireles (2002), da União Brasileira de Escritores (UBE); quatro vezes o Açorianos de Literatura (2001, 2002, 2010 e 2012).

Foi escolhido pela revista *Época* como uma das 27 personalidades mais influentes na internet. Seu blog já recebeu mais de três milhões de visitantes, seu perfil no Twitter ultrapassou duzentos e cinquenta mil seguidores e sua página do Facebook recebeu mais de trezentos e setenta mil "likes".

Além disso, *Um terno de pássaros ao sul* (2000, 3ª edição, Bertrand Brasil) é objeto de referência no *Britannica Book of the Year* de 2001, da Enciclopédia Britânica; o Programa Nacional Biblioteca da Escola (PNBE) adotou o juvenil *Diário de um apaixonado: sintomas de um bem incurável* (Mercuryo Jovem, 2008); *Menino grisalho* (Mercuryo Jovem, 2010) mereceu o selo "Altamente Recomendável" da Fundação Nacional do Livro Infantil e Juvenil (FNLIJ); *A Menina Superdotada* faz parte do acervo permanente da FNLIJ; e *Filhote de cruz-credo* (Girafinha, 2ª edição, 2006) inspirou peça de teatro, adaptada por Bob Bahlis, e arrebatou o prêmio de melhor livro infantojuvenil da Associação Paulista de Críticos de Arte (APCA) em 2012.

Integra coletâneas no México, Colômbia, Índia, Estados Unidos, Itália, Austrália e Espanha. Em Lisboa, a Quasi editou sua antologia *Caixa de sapatos* (2005). Também em Portugal, a editora Quatro Estações lançou, em 2014, o livro *Ajude-me a chorar*.

Já participou como palestrante de todas as grandes feiras e festivais literários do país, como a Jornada Nacional de Literatura de Passo Fundo e a Festa Literária Internacional de Paraty (FLIP).

Fabrício Carpinejar já foi patrono das feiras dos livros de São Leopoldo (2001 e 2010), Barra do Ribeiro (2002), Esteio (2006), Taquara (2006), Cachoeirinha (2007), São Sebastião do Caí (2007), Lajeado (2007), Niterói/Canoas (2007), Santa Clara do Sul (2008), São Sepé (2008), Garibaldi (2008), Viamão (2009), Torres (2009), Gramado (2010), Carlos Barbosa (2010), Sertãozinho/SP (2010), Três Cachoeiras (2010), Lagoa Vermelha (2011), Venâncio Aires (2011), Camaquã (2011), Arroio do Sal (2012), Candelária (2012), Tapejara (2012), Pinhal (2012), Cachoeira do Sul (2012), Canoas (2012), Arambaré (2012), Vacaria (2013) e Bom Princípio (2013). Foi também indicado a patrono nas edições de 2004, 2005, 2006, 2007, 2012 e 2013 da Feira do Livro de Porto Alegre.

E-mail: carpinejar@terra.com.br
Facebook: www.facebook.com/carpinejar
Instagram: @fabriciocarpinejar
Twitter: @carpinejar
Blog: www.carpinejar.blogspot.com.br

Este livro foi composto na tipografia
Joanna MT Std, em corpo 12/17,8, e impresso em
papel off-white no Sistema Digital Instant Duplex
da Divisão Gráfica da Distribuidora Record.